公主傳奇之 19

蔚藍星球的小公主

新雅文化事業有限公司

www.sunya.com.hk

公主傳奇

蔚藍星球的小公主

作　　者：馬翠蘿
繪　　畫：靛
策　　劃：甄艷慈
責任編輯：周詩韵
美術設計：李成宇
出　　版：新雅文化事業有限公司
香港英皇道499號北角工業大廈18樓
電話：（852）2138 7998
傳真：（852）2597 4003
網址：http://www.sunya.com.hk
電郵：marketing@sunya.com.hk
發　　行：香港聯合書刊物流有限公司
香港新界大埔汀麗路 36 號中華商務印刷大廈 3 字樓
電話：（852）2150 2100
傳真：（852）2407 3062
電郵：info@suplogistics.com.hk
印　　刷：中華商務彩色印刷有限公司
香港新界大埔汀麗路 36 號
版　　次：二〇一七年一月初版
10 9 8 7 6 5 4 3 2 1

ISBN：978-962-08-6703-3

18/F, North Point Industrial Building, 499 King's Road, Hong Kong
Published and printed in Hong Kong

目錄

第 1 章	有人跳樓	5
第 2 章	喂，外星球有人嗎？	14
第 3 章	來自外星的信號	24
第 4 章	巨人的耳朵	31
第 5 章	抓住他	41
第 6 章	天外飛星	48
第 7 章	隕石哪裏去了？	55
第 8 章	穿透地球	62
第 9 章	一山不能容二豬	69
第 10 章	把地球變成橙子般大	77

第 11 章　嗚嗚，不打針行不行？　86
第 12 章　被抓住的四個倒楣蛋　93
第 13 章　遇上邪教組織　99
第 14 章　破譯外星信號　109
第 15 章　朱承御女王　116
第 16 章　黑太狼來了　126
第 17 章　空軍特戰隊　136
第 18 章　不講道理的小嵐　145
第 19 章　蔚藍星公主　154
第 20 章　空中激戰　163
第 21 章　萬卡眼睛失明了　170
第 22 章　傷心的小嵐　176
第 23 章　萬卡哥哥要訂婚了　182

第 1 章　有人跳樓

嫣明苑的花園裏，綠草如茵，曉星和小香豬笨笨仰面朝天，躺在草地上呼呼大睡。

人和豬的姿勢是一樣的，嘴巴也都不時地一動一動，好像在品嘗着什麼好吃的東西。還有，嘴角非常一致地流着一行口水。

「曉星呢？剛吃過午飯就不見了人。」小嵐和曉晴說着話走過來。

「啊，在那裏！」曉晴跑到曉星身邊，大喊了一聲，「大懶蟲！」

「誰？」曉星嚇了一跳，一骨碌爬起來，用手不住地擦着眼睛。

笨笨也醒了，牠爬起來，也跟曉星一樣用爪子擦着豬眼睛。物似主人形，真是至理名言哦！

曉晴撇撇嘴：「你看你看，把笨笨小朋友也教壞了！」

曉星委屈地說：「姐姐，你總是把什麼壞事都算我頭上，我沒有教壞笨笨。」

小嵐眨眨眼睛：「算了算了，就說是笨笨把曉星教壞好了。」

「哈哈哈！小嵐說得好、說得妙！」曉晴笑得捂着肚子，「我明天上學就告訴同學，曉星被一隻小豬教壞了。」

「不要不要！」曉星急得跺腳，被一隻小豬教壞了，不是比自己教壞小豬更糟糕嗎？

正在打鬧時，有個小宮女跑了進來：「公主，公主！」

小嵐扭頭看着小宮女：「什麼事？」

小宮女呼哧呼哧地喘着氣，好不容易才回過氣來，說：「公主，有人跑上了友誼大廈的天台，要跳樓呢！」

「啊！」小嵐三人不約而同地驚叫了一聲。

烏莎努爾在萬卡國王的領導下，已成了一個安定繁榮的國家，國民生活穩定、無憂無慮，極少發生自殺事件，所以小嵐他們聽了都很吃驚。

烏莎努爾注重環保，所蓋樓層大多是兩三層，真正的高樓大廈不多，而六十六層的友誼大廈是這不多的高廈裏的一幢。

六十六層大廈的頂樓，掉下來那可不是鬧着玩的啊！

「去看看！」小嵐說着，帶頭快步離開了花園。

友誼大廈離皇宮不遠，一出宮門便見到那高聳的身影，隱約見到頂樓有個白色影子，那應該是小宮女嘴裏的企圖跳樓者了。

走近時，見到樓下站滿了人，一個個仰頭看着頂樓。

一個胖大叔拿着望遠鏡朝上看，曉星八卦地湊過去，問道：「叔叔，男的女的？」

胖大叔拿下望遠鏡，不滿地說：「小朋友，你眼睛有毛病啊？我有半點像女人嗎？」

曉星鬱悶地說：「叔叔，人家問你，跳樓那人是男的女的。」

胖大叔「哦」了一聲，說：「你早這樣說不就行了嗎。喏，給你。」

胖大叔慷慨地把望遠鏡借給曉星。

「謝謝叔叔！」曉星喜出望外地接過望遠鏡，朝樓頂望去。

「哇，原來是個『跳樓男』！哇，還是一枚大帥哥。」但他又趕快補了一句，「不過沒我帥。」

「往後退一點，別走太近！」幾名軍裝警員在維持秩序，不讓圍觀市民走得太近；另外一班警員就忙着在地上放置軟墊，提防萬一那人真的跳下來。

小嵐抬頭望向樓頂，隱約看到那人穿着一身白衣，也許風有點大，那衣服被吹得一揚一揚的，好像

隨時會飛起來的樣子。他站在邊上，還搖搖晃晃的，十分危險。

六十多層的高度，哪怕落在軟墊上，也得摔個半死吧！她心裏有點擔心，便走近一個戴着警官標誌的年輕人，問：「請問，你們還有採取其他拯救措施嗎？」

年輕警官說：「有啊！我們的談判專家已經上去好一會了，應該快有結果了。」

話沒說完，就看到有三個人走出大廈，年輕警官立刻迎上去，問道：「下來了！怎麼，沒能說服那個人？」

領頭的中年人搖搖頭，說：「沒辦法，他太固執了，他非要找國王不可。一再說國王如果半個小時內不來，他就跳下來了。」

年輕警官生氣地說：「這人怎麼搞的，如果每個國民有問題都要找國王解決，那國王豈不是忙死了。再說，國王昨天去了天麻國開G30峯會，也不可能為了他一個小小老百姓馬上回來。」

小嵐聽了，跟年輕警官說：「不如我上去跟他談談。」

年輕警官心裏正煩，再加上沒認出小嵐是公主，便說：「小姑娘，跟自殺者談判，可不是鬧着玩的，搞不好會受到傷害。回家做功課去！」

正在這時，一輛警車駛來，停在他們面前。車門一開，一個大約四十來歲、身穿高級督察服裝的人走下車來。年輕警官一見，忙上前敬禮：「報告海督察，警察大隊二分隊隊長江森，警號5354，正在執勤，歡迎長官前來指導。」

海督察朝江警官點了點頭，又用手遮着眼睛朝上望了一會兒，然後問道：「自殺人士還是不肯下來？」

江警官有點沮喪地說：「報告海督察，談判專家已勸了很長時間，他都不聽，非要見國王陛下。還說半小時內見不到，就要跳下來。」

海督察抬頭看了看友誼大廈頂樓，說：「這事有點麻煩，國王陛下偏偏又不在。但是，你無論如何，都要想辦法保住他性命。烏莎努爾首都出了人命，這是我們警隊的恥辱！」

「是！」江警官啪地立正，但隨即又苦着臉地望向大廈頂樓。

這時，海督察無意中看向小嵐，他愣了愣，眼裏露出驚喜，說：「咦，您不是……」

小嵐知道海督察一定是認出了自己，馬上說：「海督察，你好！既然國王不在，我想試試跟樓上那

人談談。」

「行行行！」海督察忙不迭地答應，「辛苦您了！」

海督察心裏暗喜，國王不在，給跳樓者一個公主，想來也會接受吧！真想不到山窮水盡疑無路，柳暗花明又一村。

旁邊的江警官卻有點傻了，這小姑娘是什麼人哪，能讓海督察使用敬稱？還讓她代替國王去跟自殺人士談判！他瞪大眼睛看着海督察：「海督察，這、這……」

「這這這什麼，快把對講機交給公主！」

「啊，公主？！」江警官頓時愣住了。

小嵐也沒管發傻的江警官，拿過他手中的對講機，便朝大廈入口走去。

「等等我！」做談判專家，多神氣啊，曉晴和曉星怎可以放過這機會！

江警官剛要阻攔，海督察卻抬手制止了，由着曉晴姐弟跟在小嵐後面進了大廈。

小嵐和曉晴曉星坐電梯上到天台，便馬上感覺一道冷嗖嗖的目光射了過來。一看，一個二十歲上下的青年男子，正站在圍欄外面，他身材高挑，白淨臉孔上長着一雙細長的眼角上挑的鳳眼，穿着一身白衣

——白色的長褲，白色襯衣外罩着一件白色風衣。風吹來，把風衣揚起，整個人看上去有點飄飄欲仙的感覺。

「哇，神仙哥哥下凡啊！」

「噢，差不多有我那麼帥了！」

從曉晴和曉星嘴裏發出讚歎聲。一個花癡，一個臭美。

那「跳樓男」見了他們，把他們打量了一會，說：「國王呢，我要找國王！」

他一開口，小嵐便嗅到一股酒味。原來這傢伙喝醉了在撒酒瘋，小嵐不禁皺了皺眉頭。

「先生，你站的地方太危險，你先回到圍欄這邊好不好？」小嵐說。

「不好！不好！」「跳樓男」把頭一擰，像個固執的孩子，「你們快給我把國王找來。半小時內不見國王，我就跳下去。」

小嵐說：「先生，你沒看新聞嗎？國王去了天麻國開峯會，不在國內。我是馬小嵐公主，你有什麼事，可以跟我講，我替你轉告國王。」

「馬小嵐公主？！」「跳樓男」眼睛突然一亮，隨即又用手指着小嵐，懷疑地說，「你真是公主？沒騙我？」

「跳樓哥哥，你真是有眼不識泰山啊，連小嵐姐姐都不認識！」曉星邊說邊走向「跳樓男」，同時從口袋裏拿出手機，撥了幾下，找到一段視頻，「看，這是在國慶典禮上拍的視頻。這是萬卡哥哥，萬卡哥哥旁邊就是小嵐姐姐。」

那「跳樓男」望向曉星的手機，看看照片戴着公主頭冠盛裝打扮的小嵐，又看看眼前穿着休閒服的女孩子：「咦，真是公主哦！」

小嵐走到他身邊，說：「相信了吧！那就快回來，別再做那麼危險的事了。」

「好，我就信你一回。」「跳樓男」做了一個輕鬆優美的跨欄動作，一躍回到了天台上。

小嵐用對講機把情況簡單告訴了海督察，讓警員們散去。

小嵐看了看天台的環境，發現邊上有個葡萄架，葡萄架下還有張長方型的石桌，和兩張長條型的石凳，於是帶着一行人走了過去。

「請坐。」小嵐對「跳樓男」說。

「跳樓男」也不客氣，大模大樣地坐了下來。

小嵐說：「請問你叫什麼名字？究竟有什麼事，令你要用生命來要脅要見國王。」

「跳樓男」說：「公主殿下，我叫蕭延子……」

「小燕子？！」曉晴和曉星異口同聲地叫起來。接着，又不顧儀態地哈哈大笑起來。

笑死人了。一個大男孩名叫小燕子，怎不叫還珠格格呢？！

小嵐雖然覺得曉晴曉星有點不禮貌，但還是忍不住「撲嗤」一聲笑了出來。

「跳樓男」有點惱怒地說：「我叫蕭延子，吹笛吹簫的簫，延續的延，孔子的子。不是你們那部肥皂劇裏瘋瘋癲癲的還珠格格小燕子。」

小嵐好不容易忍住笑，說：「對不起，對不起。蕭延子先生，請問你找國王有什麼事？」

蕭延子說：「我要找國王，是想告訴他一個消息，外星人要來了！」

第 2 章　喂，外星球有人嗎？

小嵐三個人被蕭延子的話嚇了一跳。

曾有一段時間，外星人是他們經常討論的一個話題。小嵐還曾經懷疑自己是外星人的後代。

眾所周知，小嵐並不是她現在的爸爸媽媽親生的。十多年前，新婚的考古學家馬仲元和周敏夫婦，應邀到西安鑑定一批古錢幣。一天早上，夫婦兩人走出住宿的酒店，在空氣清新的江邊散步時，在路邊長椅上發現一個被包得嚴嚴密密的小女嬰。後來，他們把小女嬰領養了，當親生孩子一樣養育長大，這小女嬰就是現在的小公主馬小嵐。

看過「公主傳奇」第三集《藍月亮戒指》的讀者都記得，小嵐他們曾經穿越時空回到小嵐被養父母撿到的那天早上，希望找到把她遺棄的人，從而追蹤她的親生父母。沒想到，他們卻看到了兩個大腦袋、小嘴巴、綠皮膚的外星人，把一個小女嬰放在江邊木凳上。因時間地點吻合，大家都認為那小女嬰就是小嵐，從而還一度推想小嵐是外星人的後代。後來因為小嵐外型跟外星人一點也不像，才徹底推翻了這個猜想。

因為雖然他們看見的小女嬰很可能是小嵐，但那兩個遺棄她的人不一定是外星人，因為可以假扮的呀！很可能是她親生父母不想讓人知道自己遺棄小嬰兒，故意喬裝打扮隱瞞身分。本來嘛，小嵐一個眉清目秀、皮膚白皙的小美女，怎會是那些長得奇奇怪怪，大腦袋、小嘴巴、眼睛深陷、一身綠油油的外星人的後代呢！

再說，宇宙間有沒有外星人存在還是個謎。一直以來，世界各國都有科學家用不同方法去探索外星生物，但許多年過去，一直沒有充分的證據證實確有外星人存在。外星人一直都只是在科幻故事中出現，誰也沒親眼見過。

後來，小嵐和朋友們就把外星人這事拋開了。小嵐也不再想去找親生父母的事，她有養父母的愛，有萬卡、曉晴曉星等朋友的愛，就已經足夠了。

沒想到，事隔多時，又從蕭延子嘴裏聽到「外星人」三個字。

曉星馬上變得十分亢奮：「好啊，太好了！原來真的有小綠人呀，小燕子哥哥，他們什麼時候來？」

因為傳說中的外星人皮膚是綠色的，所以許多人都把他們叫做小綠人。

蕭延子說：「我只知道他們正在密謀，來的具體

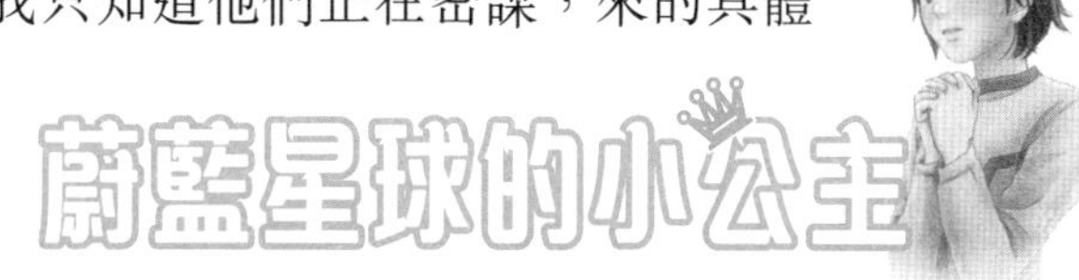

時間我也不知道。不過，那些都是野心勃勃、窮兇極惡的人，別指望他們是來交朋友的。」

曉晴笑嘻嘻地說：「大哥哥，你這個科幻小說橋段還挺吸引人呢！」

蕭延子一下子跳了起來：「怎麼所有人都這樣說，所有人都不相信我！這事千真萬確，再不想辦法，外星人到來的時候，地球人就完蛋了。」

小嵐一直留意着蕭延子的神態舉止，看他着急的樣子，不像是裝出來的，但嗅到他身上那股酒味，又動搖了。喝了酒的人，往往神智不清醒，很難辨別他說的話有多少是真，有多少是假。她拉拉蕭延子的袖子，說：「別急，坐下來，慢慢說。」

蕭延子一臉憋屈，就像個鼓氣青蛙：「我去過你們的宇宙科技署，但門衞連門都不許我進，他們當我是瘋子，把我趕了出來，我沒辦法，才想到要找國王。但是以我一個普通老百姓，要見國王談何容易，所以才想了個主意來這裏跳樓，希望用這辦法見到國王。沒想到國王不在國內，而現在你們又……」

小嵐連忙說：「對不起，我們不是不相信你，只是你說的事情對我們來說太突然了，有點難以接受。我想問問，你是怎麼知道這事的？你是科技人員嗎？」

蕭延子又是搖頭又是擺手：「我不是科技人員，但是我可以接收外星訊息。」

曉星馬上問：「那你是通過什麼辦法接收外星訊息的？」

「我……我……」蕭延子急得抓耳撓腮的，「反正我能接收！你們別問我是怎麼接收的，你們要相信我，趕快組織軍隊，調動最新武器……」

曉星打斷蕭延子的話，他拍拍胸膛說：「小燕子哥哥，是不是有惡勢力在恐嚇你，不讓你說出消息來源。別怕，我們會保護你的。」

曉晴一臉憐憫：「可憐的大哥哥，中科幻小說的毒該有多深啊！」

小嵐這些年來稀奇古怪的事情看得多了，她內心並不排斥有外星人這種設想，但這必須建立在科學根據上。蕭延子一點證據也沒有，更何況，他還喝了酒。天曉得這傢伙是不是酒後胡言亂語。

「蕭延子，我很想相信你。但是，這不是我相信就行的。出動軍隊，調動最新武器，開始地球反擊戰，這是一件多麼嚴重的事啊！我們拿什麼去要求國王相信，要求民眾相信，要求地球上其他國家相信？所以，你如果真的關心地球的安危，就必須說出事情的依據，說出你憑什麼這樣肯定有這樣的事發生。」

小嵐很耐心地跟蕭延子說。

「這事千真萬確！」蕭延子鬱悶地抓着自己的頭髮，「為怎麼？為什麼？為什麼沒有人相信我？天哪，氣死我了！」

蕭延子「嗖」地站起來，朝電梯跑去。在小嵐三個人還沒來得及反應過來時，他已經衝進電梯，關上門，下樓去了。

上下天台的電梯只有一部，小嵐和曉晴姐弟只能耐心等候電梯上來，再坐電梯下去找蕭延子，但下到樓下時，早已不見了蕭延子的身影。跑去問大堂護衛員，護衛員雖然在蕭延子鬧着跳樓時上去瞧過一眼，知道蕭延子的模樣，但可惜剛才剛好有訪客，他埋頭作登記，沒留意從電梯出來的人，也更沒留意這人去哪裏了。

小嵐留了手機號碼給護衛員，讓他如果再見到蕭延子，就立即打電話通知她。

「這個帥哥哥是不是腦子有毛病，好可憐啊！他該不會又跑到別的地方跳樓吧？」曉晴擔心地說。

「小嵐姐姐，我們趕快把小燕子哥哥找回來問清楚！我很希望知道小綠人什麼時候來哩！」曉星仍舊一臉興奮。

小嵐說：「我們先回去吧！等會我打電話讓人查

天哪，氣死我了！

查蕭延子的身分背景，然後再找他問清楚情況。」

回到嫣明苑，小嵐馬上致電國家安全署署長，請他查查蕭延子這個人。

半小時以後，安全署署長把調查結果發到了小嵐的電子郵箱。小嵐打開一看，全國叫蕭延子的人足有二千二百多個。小嵐把附上的照片一一看過，奇怪的是，這二千多個蕭延子裏面，竟然沒有他們剛剛見過的那個蕭延子。

也就是說，這個蕭延子不是烏莎努爾人。又或者，今天見到的那個人並不叫蕭延子，他說了一個假名字。

小嵐關上了電腦，她輕輕一轉，把椅子轉向了落地長窗。夜色迷人，高遠的蒼穹，閃爍的星星，無一不帶給人神秘的感覺，讓人好想去探索它的秘密。

這個蕭延子究竟是什麼人？他為什麼說有外星人入侵？又為什麼不說出消息來源？難道他真是喝了酒胡說八道？

「小嵐姐姐！小嵐姐姐！」曉星拉着曉晴跑了進來，興奮地說，「剛剛同學打電話給我，說了一件有趣的事，跟小綠人有關的！」

「你跑那麼急幹嗎呀！放手放手！」曉晴使勁甩開曉星的手，「你同學告訴你什麼啦？」

小嵐對曉星說：「說來聽聽。」

「一件很有趣的事，你們肯定不知道！」曉星眉飛色舞地說了起來。

原來，最近米國一個民間組織發起了名為「友誼信號」的項目，也就是「向地外文明發送資訊」計劃，人們主動連續向太空發送無線信號，希望有外星人回應。發往外太空的資訊可沒有像發短信、微信那麼簡單，所以，「友誼信號」項目特意租借了一個通訊衛星地面站，租期三十年，通過地面站的大功率天線向太空發送無線信號。

「友誼信號」官網已正式上線，並開始發送資訊，其中一條是米國一位著名預言家編寫的，內容是：「外星球的女士們，先生們，這是來自地球人類的問候。當你收到這條資訊時，科技已足以讓我們互相了解和交流。」有個六歲小朋友乾脆就寫了一句：「喂，外星球有人嗎？」

「友誼信號」面向大眾，任何人只要在「友誼信號」網站注冊並支付一定費用，就可將自己編寫的資訊發送到太空。發送的資訊可以是文字，也可以是照片或圖畫。

「嘿，還以為你有什麼有趣的事呢！這事我和小嵐早就知道了，我們班的同學還一起討論過哩！」曉

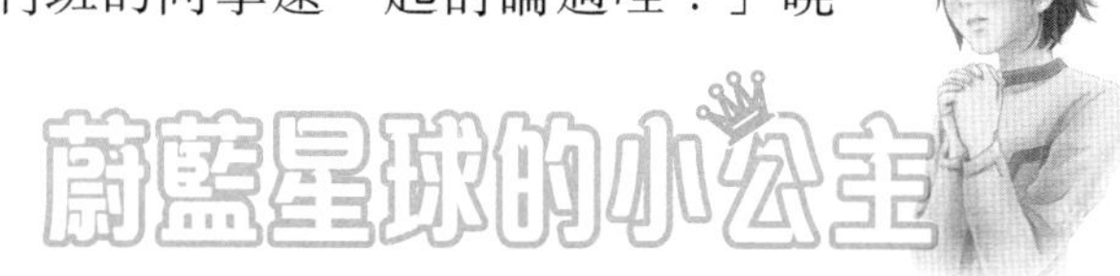

晴撇撇嘴說。

「啊，你們早知道了？」曉星頓時像個洩了氣的皮球。

「當然！我們還看過報紙上的詳細報道呢！」曉晴翻了個白眼，說，「我們還知道很多人都反對這計劃，連宇宙學家霍金也反對。」

「這點我同學可沒說。為什麼反對呢？」曉星一臉的不理解。

「霍金說，人類主動接觸地外生物是非常危險的行為，因為我們不知道他們是否友好。」小嵐解釋說，「自古以來，探索總是伴隨着高風險。很多人擔心這樣做會使地球徹底暴露位置，從而危及整個人類的生存。宇宙中也許存在外星人，我們之所以找不到，是因為他們都藏了起來，不讓別人知道，但這次人類主動把自己暴露在宇宙中，是福是禍，這很難說。」

曉星一拍大腿，說：「啊，怪不得小燕子哥哥說，小綠人要入侵地球。一定是小綠人收到了地球發去的那些訊息，知道有一個地大物博的地球，所以想來搶東西。」

曉晴說：「肯定不是，你別冤枉那些發訊息的人。」

曉星很不服氣，問：「為什麼？」

小嵐用指頭彈彈曉星的腦袋，說：「因為那些訊息發去的地方距離地球大約十八光年，也就是說，發出的訊息要十八年後才能到達那裏。」

「哇，訊息要十八年才能送到啊！我原來還想發個訊息去問問，他們是不是真的要來地球呢！」曉星撓撓頭，「現在小燕子大哥哥又跑掉了，不知道他說的是真是假。我好想見到小綠人啊！」

曉晴「嗤」了一聲：「那些小綠人有什麼好見，又不是帥哥。」

第 3 章　來自外星的信號

「小嵐，電話！」曉晴喊道。

「是誰呀？」小嵐正把行李箱裏的東西往外拿，聽到喊聲，大聲問道。

「他沒說。聽聲音像個大叔。」

「是誰這麼消息靈通，我們剛到就找來了。」小嵐從房間走出來，邊走邊嘟噥着。

小嵐和曉晴曉星趁着假期回香港玩，因為小嵐的爸爸媽媽正在南京出差，過幾天才能回來，所以下了飛機就跟着曉晴曉星來到周家在清沙灣的別墅。周家長輩平日都住在市區，他們三個人在別墅裏鬧翻天都沒人管。

沒想到，剛放下行李，就有電話追來了。

「喂，哪位？」

「哈哈哈，是小嵐嗎？我是蔡雄平啊！」電話那頭傳來一陣爽朗的笑聲。

蔡雄平是香港特區政府辦公室的主管，是小嵐的老朋友了。

「原來是蔡叔叔！蔡叔叔你好，你怎麼知道我回來的？」

蔡雄平顯得有點不好意思：「對不起對不起，你剛回來就來打擾。我今早打電話去烏莎努爾找你，知道你在回香港途中。然後，我們通知了入境處，接到你入境的訊息後，我們又用衞星定位，找到你去了清沙灣……」

「哦，怪不得，還以為蔡叔叔有千里眼呢！」小嵐笑着說，「這次找我什麼事，是尋人，還是尋國寶？」

看過《尋找他鄉的公主》和《當公主遇上大俠》這兩本書的讀者，相信還記得香港特區政府曾兩次請小嵐幫忙，一次是替烏莎努爾尋找流落民間的後裔，一次是尋找被盜的傳國玉璽。

「是比尋人和找失物更重大更緊急的事。所以我才這麼冒昧，你一回來就打擾你。電話裏不方便說，我和羅特首正在趕往清沙灣途中，半小時後就到周家別墅，到時詳談。」

啊，原來羅建中特首和蔡雄平已經在路上了！

究竟有什麼事，讓他們這樣着急？

不到半小時，羅建中和蔡雄平就到了。跟他們一起來的還有一個三十歲上下的女子，羅建仲介紹說，她是香港科技發展局的宇宙學博士王可恩。

「王博士你好！」小嵐滿臉的欽佩，三十歲的博

士，不簡單啊！

「小嵐公主好！」王可恩也是一臉的敬佩，小嵐的事她聽了不少，覺得這比自己小了十多年的小女孩很了不起。

羅建中喝了一口茶，就急急地說：「小嵐，打擾你真不好意思，但因為情況緊急，不得不馬上聯絡你。這件事王博士最清楚，就由她給你講講吧！」

王可恩點了點頭，一五一十地說了起來：「是這樣的，從這個月開始，我們陸續收到了一些奇怪信號，懷疑是來自外星球……」

原來，王可恩三年前受聘到香港科技局工作，擔任科技局轄下「太空研究所」的所長。到任後，她就積極展開了太空監測活動的工作，而重點是放在搜尋「地外文明」方面。「地外文明」是指存在於地球以外，並發展到一定文明程度的智慧生命體，在地球以外的領域所建立的文明。說白一點，搜尋「地外文明」就是尋找外星人。

研究所的具體做法，是利用射電望遠鏡等先進設備，接收從宇宙中傳來的電磁波，從中分析有規律的信號，希望藉此發現外星文明。

曉星聽到這裏，奇怪地問：「望遠鏡？望遠鏡也能接收外星信號？」

王可恩笑笑說：「小朋友，射電望遠鏡跟一般的望遠鏡區別很大，它們的外型也不一樣。射電望遠鏡很像一隻鑊，不過這隻「鑊」比家裏炒菜的鑊大了許多許多倍。射電望遠鏡是用來觀測和研究來自天體的射電波的基本設備。香港目前直徑達四百零五米的球面射電望遠鏡，是目前世界上幾台最大的射電望遠鏡之中的一台。」

「哦，原來是這樣。」曉星不住地點頭，「那你們有什麼發現嗎？」

「我加入香港科技局這幾年，一直致力於這方面的工作，但一直一無所獲，沒有接收到任何跡象證明外星智慧生命存在的訊息。直到這個月月初，才有了突破性的成果。」王可恩說到這裏，一臉的神采飛揚，「我們通過射電望遠鏡陸續發現了五個神秘的不明信號，這些信號是之前從未收到過的。經過反復研究，我們認為這些信號有可能來自其他星球。」

王可恩說到這裏，端起杯子喝了一口水，繼續說：「因為我們技術上的某些局限，接收到的信號不夠清晰，從而令我們的研究不能達到預期效果。為了接收到更多和更清晰的信號，我們想到了和烏莎努爾合作。」

王可恩之所以提出這樣的要求，是因為烏沙努爾

有一台世界上最先進的射電望遠鏡即將投入使用。烏莎努爾是世界上數一數二的富國，所以對國家轄下的宇宙科技署給了經濟上最大的支持，要錢有錢，要人有人。去年底還撥了一大筆款項給科技署，建立了五百米口徑球面射電望遠鏡。這個望遠鏡佔地面積比三十個足球場還大，建成後將大大加強對外太空的探索能力。

這個巨型望遠鏡正好這幾天投入運作。王可恩正是知道了這消息後，才起了跟烏莎努爾合作的念頭，希望借助更先進的設備，發現更多線索，把猜想變成事實。

行政長官羅建中接到科技局呈上的跨國合作計劃報告，認為這建議很好，他馬上想到了小嵐，希望請小嵐幫助牽線，使這項合作跳過層層繁瑣的外交途徑，儘快進入實質的工作。

所以，羅建中親自出面，十萬火急找小嵐來了。

小嵐聽後，馬上聯想到之前蕭延子說過的話。如果蕭延子說的事是真的，太空研究所接收到的這些信號，會不會跟他說的事有關連？想到這裏，小嵐馬上表態：「好，沒問題，我馬上把這件事告訴萬卡國王，儘快促成這件事。」

羅建中高興地說：「好，謝謝小嵐！那我先走了，半小時後我還有個重要會議要開。」

羅建中三人離開後，小嵐拿出手機，撥了萬卡的私密電話。

這個電話號碼，整個烏莎努爾只有幾個人知道：小嵐，還有萊爾首相等幾個國家領導人。

萬卡很快接聽了：「小嵐，什麼事？我正在開會。」

小嵐也知道不該打擾萬卡，便盡量用簡潔的語言，說了香港科技局希望跟烏莎努爾宇宙科技署合作的事。

萬卡毫不猶豫地答應了，他說會馬上打電話給萊爾首相，讓萊爾首相立刻找宇宙科技署落實這件事。

小嵐關上電話，說：「萬卡哥哥答應了。曉星曉晴，想不想也去探索一下外星秘密？」

曉星從沙發上蹦了起來：「小嵐姐姐，你怎麼會知道我在想什麼？回去回去。我要親眼見證發現小綠人的激動時刻！哇，曉星好偉大哦！」

曉晴扭扭身子有點猶豫：「剛回來又要走！也好，明天走吧！我現在還有時間馬上去中環名衫店血拼一番，美女也得有好衣裳包裝呀！」

小嵐看着那臭美加自戀的兩姐弟，實在無語。她搖搖頭，打電話訂機票去了。

小嵐剛訂好機票關上電話，鈴聲又響了，是羅建中打來的：「小嵐，謝謝你！剛剛接到萊爾首相電話，烏莎努爾宇宙科技署已同意跟我們合作，王可恩博士會和兩名宇航專家組成小組，立即前往烏莎努爾……」

第 4 章　巨人的耳朵

烏莎努爾首都機場，曉晴兩隻手各拖着一個旅行箱，左右肩各背着一個旅行袋，就像一隻馱滿貨物的駱駝。此刻，她邊和手上拖的肩上掛的東西作頑強鬥爭，邊使出渾身解數去哄騙小孩子：「曉星弟弟，幫我拖一下旅行箱，好嗎？弟弟最乖了，弟弟是世界上最乖的男孩子。」

「我不乖，我一點也不乖！」曉星拖着個帶輪子的小書包悠閑地走着，一邊走還一邊抓着根冰棍津津有味地啜着。

「死小孩，見死不救！」曉晴瞬間從小紅帽變成了狼外婆。

「這個故事教訓我們，不要瘋狂大購物，否則自食其果。」曉星笑得像隻小狐狸。

「小嵐，幫我背一下這旅行袋好嗎？曉晴腰都要斷掉了，曉晴好憐哦！」曉晴又去騙另外一個小孩。

「斷了活該！每次旅行回來都像搬家似的，所有人都幫你做搬運工。這次，我們絕不心軟！」小嵐兩手插在褲袋裏，背着一個小背囊輕輕鬆鬆地走着。

「小嵐姐姐說得對，絕不心軟！」曉星照例當小

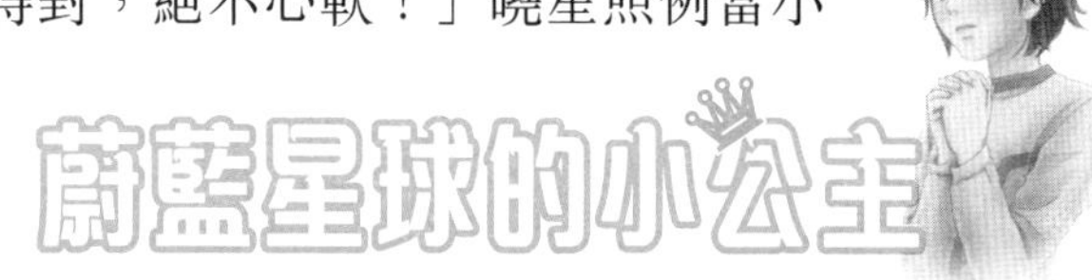

嵐的應聲蟲。

「啊，氣死我了！」曉晴終於歇斯底里。

幸好這時接機的司機來了，接過了曉晴的大包小包，我們的大小姐才脫離苦海，騰出力氣嘟嘟噥噥地詛咒那兩個見死不救的臭小孩。

小嵐和曉星捂着嘴偷着樂。看你曉晴大小姐今後還敢不敢瘋狂大購物，既浪費錢又不環保！

回到嫣明苑已是晚上，大家在飛機上已經填飽了肚子，所以都各自回房，洗漱一番，然後倒頭大睡。

第二天一早，三個人去了宇宙科技署。王可恩博士和另外兩名專家已經到了，署長陸孟親自帶着他們一行人參觀了宇宙科技署，各種各樣的先進儀器，令人眼花繚亂、目不暇給。

陸孟通過視頻，給他們介紹了設在附近仙女山下的二十個射電望遠鏡。

恒星之間的距離太遠了，以致任何信號到達地球時，都已經非常微弱，要想收集足夠多這樣的信號，就需要借助巨型射電望遠鏡。

作為世界最富有的國家之一，烏莎努爾有着足夠的財力去支持「搜尋地外文明」計劃，所以，這些名叫「巨人的耳朵」的射電望遠鏡是目前世界上最大最先進的。

透過視頻，小嵐他們才清楚地認識了射電望遠鏡，原來是直徑五百多米的碟形天線。雖然不是親臨現場，大家也能感覺到那「巨人的耳朵」的雄壯和神秘。

參觀完之後，所有人走進了一個有武裝士兵守衛的密室，幾名烏莎努爾宇宙學家已等在那裏，互相介紹之後，王可恩拿出之前收到的信號錄音，播放給大家聽。

小嵐三人怕妨礙科學家做事，都自覺地坐到一邊，此刻，他們都心情興奮。這是多麼值得激動的事啊！地球七十億人口，只有十幾人聽到這首次收到的外星信號，而他們是其中的一個！

他們屏住呼吸，豎起耳朵聽着——

一開始是雜亂無章的噪音，漸漸地，他們聽到了噪音中一種日常生活中很少聽到過的古怪聲音，跟建築工地上的打樁聲音有點像，一下一下的，很是嘈吵刺耳。

小嵐和曉晴曉星三人彼此交換着鬱悶的目光，還以為來自太空的聲音一定像仙音般美妙，沒想到這樣難聽。

但那些專家卻如獲至寶的仔細聆聽，不斷重覆播放，好像在聽着什麼動人樂曲。

小嵐悄悄對曉晴曉星說：「算了吧，反正這怪聲音也不是有什麼欣賞價值，我們也不能從中聽出小綠人要表達的意思。等專家們去傷腦筋吧，我們去參觀別的。」

「贊成贊成！」曉晴和曉星難得的意見一致。

陸孟署長很樂意地繼續帶他們參觀。走着走着來到了宇航員訓練基地，曉星好奇地問：「宇航員上太空之前，都要進行什麼訓練？」

陸孟說：「宇航員的基本訓練內容，包括有關的理論知識，如天文、地理、地質、氣象、大氣物理、飛行力學、電腦、無線電導航、領航、火箭和航天器構造等等。還要學習必要的醫學常識和救護技術。另外，要進行的體育訓練項目也很多，秋千、游泳、滑水、衝浪、滑雪、爬山、蹦牀，很多很多。」

「可以打秋千、衝浪，哇，訓練太好玩了！」曉星兩眼放光芒。

「小傢伙，你錯了，訓練其實很辛苦呢！」陸孟走着走着在一張怪模怪樣的「椅子」前面停了下來，「這是宇航員訓練用的電動椅。」

曉星馬上嚷嚷着：「哇，電動椅？我想坐，我想坐！」

陸孟笑着說：「你想坐？好吧，你先做一個熱身動作給我看看——用左手抓住右耳朵，俯身和地面平行，然後挪動腳步快速旋轉，看你能轉幾圈。」

「小意思啦，看我的！」曉星拍拍胸口，然後就按着陸孟所說，用左手抓住右耳朵，彎下腰轉起圈來。

沒想到，才轉了兩圈，他就開始跌跌撞撞的，再轉了幾圈，他就昏頭轉向了，一個踉蹌，就要摔倒，幸好陸孟一手扶住了他。

「哇，怎麼這麼多星星！」曉星兩眼發直，昏頭轉向，好一會兒才恢復過來。

陸孟繼續說：「一般人最多轉十圈就頭暈眼花要摔倒了。可是，和宇航員要承受的抗眩暈訓練比起來，這種熱身動作只算『小兒科』。電動椅是以每分鐘二十四圈飛速旋轉的，沒受過訓練的人，馬上就會臉色蒼白，直冒虛汗。但宇航員要在這飛快旋轉中堅持五分鐘，才算合格。為什麼要這樣訓練呢，因為宇航員走向太空，可不像坐民航飛機那麼舒服，宇宙飛船是打着旋飛速上天的。所以，宇航員如果不能過這關，就別想上太空。」

「每分鐘轉二十四圈，要堅持五分鐘？哎呀我的媽呀，嚇死寶寶了！」曉星拍着胸口，臉色比剛才還要蒼白。

陸孟在離心機訓練點停了下來：「你們看，這是宇航員訓練最多的離心機，是一項基本功，也是被大多數宇航員公認為最痛苦的一環，坐在座艙裏的宇航員要重複各種抗負荷動作，有相當於體重八倍的重量壓在身上。每次訓練的時候，面部肌肉都會產生變形，眼淚會不自覺的唰唰往外流，非常痛苦。」

曉晴嚇得捂住嘴巴：「面部變形？那豈不是像我這樣的美女也變成醜女了嗎？太可怕了！」

陸孟繼續說：「宇航員還要訓練在特殊情況下的自我生存能力。因為載人航天器在應急返回過程中，可能會降落在一些地形複雜、氣候惡劣的地方，例如極寒地區、沙漠、荒山、森林、海上等。因此，他們平日的訓練也包括了進行這些地區的生存知識和技能的訓練，使他們熟悉和掌握這些地區氣候變化、地形、海況、動植物的情況，掌握生存的基本要領。還有對身體素質的訓練，因為這是作為一個人生存的基本條件，在宇航員的訓練過程中是必不可少的。米國航太中心為提高宇航員耐力，曾讓他們穿上八十公斤重的宇航服，在炎熱的沙漠中，每天步行三十公里。」

小嵐一臉敬佩：「宇航員真了不起！」

曉晴眼睛發直：「簡直是超人了！」

曉星十分糾結：「我很想當宇航員，但又怕辛苦，怎麼辦呢！」

陸孟笑着説：「要當一名宇航員，沒有捷徑可走，也沒有舒服可言。這是一條很光榮很偉大的路，也是一條異常艱難的路。」

曉晴説：「算了吧曉星，你還是跟着笨笨走你們該吃吃、該睡睡的路吧！」

曉星一臉不服氣，他挺了挺胸脯：「姐姐，你別小瞧人，我就爭氣給你看！等我讀完大學，就去考航天學院，我不但自己要成為宇航員，還要把小香豬笨笨培養成宇航豬！」

「宇航豬？哈哈哈！」大家都笑得東歪西倒的。

小嵐朝曉星豎起大拇指，説：「厲害厲害，預祝宇航員曉星和宇航豬笨笨早日遨遊太空。」

「好，謝了！」曉星拱拱手，一臉得意。

又走了一會兒，因為不好耽誤陸署長太多時間，三人告辭了。

幾天之後，宇宙科技署傳來了消息，根據香港方面提供的訊息資料，專家們利用「巨人的耳朵」，接收到了更多更清晰的無線電信號。經過兩地科學家的反覆分析和多項引證，得出一個結論——該信號的確是由外星人在深空發射的。這一發現令人們很是振

奮，幾十年來對外太空搜尋「地外文明」的計劃，終於露出曙光。

但是，新的問題又來了，如果這些信號真的是外星人發送過來的，那麼它代表什麼意思呢？是表示善意還是惡意，它是一種友好接觸信號還是某種形式的「警告」呢？

科學家們陷入了新的困擾之中。

不過，既然確定是外星人發來的信號，就不是小事了。於是，陸孟署長把事情向代替萬卡國王署理國家事務的萊爾首相作了匯報，而王可恩也把結論告訴了香港行政長官羅建中。

為免引起各方揣測甚至恐慌，這事情暫時列為絕密，所以兩地都只是向最高領導人匯報了這件事。

萊爾首相第一時間向萬卡國王作了匯報，萬卡指示，宇宙科技署盡一切努力，儘快破譯無線電信號的內容。成功破譯的人將獲頒傑出科學家勛章。

時間一天天過去了，但是，還是沒人能把外星信號破譯出來。

小嵐這段時間每天都會收到宇宙科技署送來的《情況匯報》，但是她最關心的外星信號一事卻一直未有進展。

在其他人眼中，這只是關係到地球人類和太空的首次接觸，但在小嵐眼中，卻是有可能關係到地球存亡的問題。蕭延子那番話一直縈繞在她的腦海，假如蕭延子不是胡說八道，那麼這些信號就很可能是有關外星人向地球進攻的宣言或警告了。

由於烏莎努爾宇宙科技署和香港科技署一直未能破譯密碼，萬卡跟香港特區首長羅建中商量後，決定發一份聯署文件，把收到外星信號的事情知會聯合國秘書長和各國最高領導人，希望發動更多科學家去研究外星信號，爭取早日破譯信號所代表的意思。

各國領導人收到有關文件後，都第一時間召開了國家最高層會議。

小嵐從烏莎努爾調查局的絕密文件《每日通報》中，看到了各國的反應。非常一致的是，他們都找到了國內頂尖的科學家，日以繼夜研究外星信號，希望能成為最先知道外星人意圖的國家。

而有點不一致的是，有的國家認為外星信號是外星人向地球發出的友好訊息，他們開始做着迎接外星使者的準備，如何迎接、如何洽談、如何把外星先進科技學到手等等。甚至還打起了小算盤，怎樣使出渾身解數，讓外星使者最先光臨本國。

有的國家則相反，他們認為這些外星人不懷好意，外星信號一定是向地球發出宣戰，外星人會在不

久的將來，大舉入侵地球，掠奪地球資源，甚至把地球毀滅。這些國家已秘密調動軍隊，調集武器，準備打一場地球反擊戰。

有的國家則採取不理會態度，認為這只是某些科學家大驚小怪、嘩眾取寵。他們舞照跳、K照唱、飯照吃、工作照做，難得有安樂日子過，何必沒事找事跟自己過不去。

而烏莎努爾政府是兩手準備，朋友來了給個熊抱，要是豺狼來了，迎接牠的是獵槍。

第 5 章　抓住他

放學了，小嵐和曉晴正在收拾書本，這時小嵐的電話響了。

「小嵐姐姐，你快來三號小禮堂，我們天文學會開辯論會呢！辯題是『宇宙間究竟有沒有外星人』。是我建議發起的，好多人參加呢，你叫上姐姐，快來！」

曉星說完，也沒等小嵐表態去不去，就收線了。

「死小孩，這麼性急幹嗎！」小嵐衝着電話嘟噥着，又對曉晴說，「曉星叫我們去三號小禮堂，參加他們天文學會『宇宙間究竟有沒有外星人』的辯論會。」

「你去不去？你去我才去。」曉晴懶洋洋地說，說實話，她對小綠人話題興趣不大。

「我想去聽聽。」小嵐說。

「好吧，我跟你一塊去。」曉晴拿起背囊。

宇宙菁英學院佔地面積很大，除了一幢幢教學樓，還有一個很大的人工湖，小嵐和曉晴穿過人工湖上那條九曲橋，來到了三號小禮堂。能容納一千多人的三號小禮堂已來了很多學生，看上去有七八百人的

樣子，看來天文學會的號召力挺大的。

曉星早已看見了她們倆，他跑到跟前，一手拉着小嵐，一手拉着曉晴：「快到前面來，給你們留了位子呢！」

辯論會很快開始了，主持是個微胖男孩，他先宣布了這次辯論會的辯題是「宇宙間究竟有沒有外星人」，辯論雙方，正方的論點是「有外星人」，反方的論點是「沒有外星人」。又宣布了辯論會的規則：「為了能讓同學們都有機會發表意見，我們這次辯論會準備來個革新，首先以天文學會的兩名會員分別代表正反方發表意見，來個拋磚引玉，之後其他到會的同學可以隨時舉手發表自己意見。我們的六名工作人員，會拿着麥克風站在禮堂各處，方便遞給要發言的同學。」

微胖男孩下去後，天文學會的兩個同學上台了，咦，其中一個是曉星呢！這傢伙一邊走一邊朝坐在前排的兩位姐姐擠眉弄眼的。

怪不得他要把小嵐和曉晴叫來，原來是來看他表演！

曉星首先發言，這傢伙不論何時何地都不會忘了耍帥，還沒開口就首先做了個勝利手勢：「耶！大家好，我是正方代表曉星，我的論點是『有外星人』。

論據是什麼？地球是星球，其他星球也是星球，地球有人，為什麼其他星球不可以有人？就像清華、劍橋、哈佛等大學有學生，我們宇宙菁英學校也有學生一樣。」

「哈哈哈……」禮堂裏的人都讓曉星這個看似有理實際無聊的理由給惹笑了。

反方代表在大家笑聲剛落時，理直氣壯地開了腔：「我的論點是『不存在外星人』。地球之所以有人，是因為她太偉大太特別了。她正好處在一個非常巧合的位置，擁有剛剛好的成分，才最終孕育了生命。」

曉星接着說：「不少國家都認同有外星人這回事。加國的一個省為了更好地迎接外星人的到來，修建了世界上第一個不明飛行物着陸點。這個不明飛行物着陸點是一個升降平台。還有，米國一些消防員的訓練課程中，包括了如何面對外星人，如何應付外星人的入侵和破壞。還學習當外星人受傷之後，怎樣去幫助他們。」

反方代表說：「明眼人一看就知道，這是加國的人為帶動旅遊搞的花樣，並不是真的為了給外星人提供着陸點。至於學習如何應對外星人的課程，那只是建立在一個假設上，假如有外星人，就可以這樣做。

但如果沒有外星人，這課程就變得無聊透頂！」

這時台下的人已經躍躍欲試了，舉起的手成了一片森林。一個女同學拿到了麥克風，她站起來，大聲說：「我同意曉星同學的論點，宇宙間有外星人。世界上有超過兩萬人購買了外星人綁架保險。假如投保人被外星人綁票，保險公司願意賠償損失。如果他們不是認為真有外星人，他們幹嗎要花這些冤枉錢，去買一個根本不會發生的風險保險。」

一個男同學緊接着發言：「我反對，如果真有外星人存在的話，為什麼我們從沒有遇到過外星人？因為根本沒有外星人！」

再有一個女同學搶到了麥克風，她反駁前面的男同學：「你沒遇到過，是你自己沒發覺。加國前國防部長保羅就曾聲稱，地球上有八十多種外星人生活在我們身邊，米國著名物理學家大衞博士也發表過同樣觀點。」

坐在後排的一個小個子男同學好不容易搶到麥克風，他用剛變聲的嘶啞聲音説道：「如果真的像他們所説，那豈不是我們這禮堂裏也有外星人存在？那你找出來呀，把那些令人噁心的大腦袋小綠人找出來呀！」

「住嘴！」人羣後面突然有人大吼一聲，「不許你們詆譭外星人！哼，無知！你們以為外星人都是大腦袋的小綠人嗎？就像地球人也有黃種人、白種人、黑種人一樣，外星人也有很多種，而且，帥哥美女多着呢！」

所有人都朝聲音發出的地方看。一個穿一身白衣、二十歲上下的年輕人，在最後一行巍然屹立，雖然一臉怒氣，但卻無損他英俊的外貌，一陣風從外面穿入，他穿着的風衣飄起，真有點飄飄欲仙的感覺。

「哇，好帥啊！」

「天哪，怎麼那麼帥？」

「同學，你是那個系的？」

在座的女同學都尖叫起來了。

有人說，一個女孩就是五百隻鴨子，這下子禮堂裏一下有了十幾萬隻鴨子，可熱鬧了。

小嵐和曉晴也朝後看，因為有很多人站了起來，她們一時看不到說話的人。

曉星站在台上，「高瞻遠矚」看到了年輕人的樣子，不禁大叫一聲：「小燕子！」

那人竟然就是小嵐一直在尋找的蕭延子！

「蕭延子？」小嵐愣了一下，立刻站了起來，拔腿向後面跑去。

蕭延子見到小嵐，哼了一聲，轉身離去。

抓住他！

小嵐喊道：「抓住他！」

幾個男生聽到小嵐的喊聲，急忙站起來，跑向蕭延子。蕭延子早已身形一閃，出了禮堂。

小嵐跑出禮堂門口，見到幾個男生站在那裏一臉的困惑，而蕭延子早已不見人影。

「公主殿下，真對不起，我們沒能攔住他。」一個高個子男生抱歉地對小嵐說。

「沒關係。謝謝你們了。」小嵐雖然覺得很遺憾，但還是溫和地回答。

蕭延子身手太快，這些男生攔不住他，也不出奇。

決不能讓這傢伙跑掉！小嵐拿出手機，打了個電話到學校保安部：「喂，保安部嗎？我是馬小嵐公主，我命令你馬上通知各大門護衞員，留意一名身高約一米八、身穿白衣白褲白風衣的年輕男子，別讓他出學校……」

雖然學校保安部根據小嵐的命令及時作了安排，但可惜仍未能找到蕭延子，他好像真的變成了「小燕子」，搧着翅膀飛走了。

第 6 章　天外飛星

「瑪婭，曉星去哪了？」吃晚飯時不見了曉星，小嵐問道。

瑪婭說：「他剛剛接了個電話，就匆匆忙忙地往宮門口跑去了，好像有人送速遞給他。

話沒說完，就見到曉星抱着個大盒子走進了飯廳，看他笑瞇瞇的樣子，就像偷到了十隻肥雞的小狐狸。

小嵐問：「什麼東西？」

曉星得意洋洋地說：「你們猜！」

小嵐看了曉晴一眼，兩個人撇撇嘴，一聲不響拿起筷子就吃起飯來。

曉星變得一臉委屈：「猜猜嘛，好不好？」

「哇，這道XO醬海參菇爆象拔蚌真好吃。」

「嗯，這個法式焗開邊蝦也不錯。」

曉星繼續被無視。

曉星憋不住了，他打開盒子，拿出一件東西：「噔噔噔噔！」

小嵐和曉晴一看，原來是一台天文望遠鏡。這傢伙，自從知道地球接收到外星信號後，對天象的興趣驟起，不但積極參加天文學會的活動，還每天晚上躺在月映湖邊看星星，希望看到有個小綠人從天上飛下來。看，現在連天文望遠鏡也買來了。

曉星見終於吸引了兩個姐姐的眼球，又得意起來了：「我請爸爸給買的，反射式自動追蹤，還可以照相，什麼都可以。」

小嵐放下筷子，拿過望遠鏡看了一下，說：「牛頓反射式。咦，這不像你風格哦！變乖孩子了，懂得替爸爸媽媽省錢了。」

常見天文望遠鏡分三種：折射式，反射式，折反式，其中以牛頓反射式最為廉價。一般的天文愛好者如果手頭不是很有錢，都會賣這個牌子。

曉星這傢伙買東西向來都要最好的，沒想到這回懂得省錢。

「嘻嘻，人家大個仔了嘛！」曉星聽到讚揚就會翹尾巴。

曉晴撇了撇嘴，說：「才不是呢！這傢伙亂花錢早前被爸爸在電話裏訓了一頓，夾起尾巴做人了。」

「姐姐，給點面子好不好。」曉星嘟着嘴說。

站在一旁的瑪婭溫柔地說了一聲：「曉星少爺，快吃飯吧，菜要涼了。」

曉星有了下台階，便放下手中東西，坐到飯桌

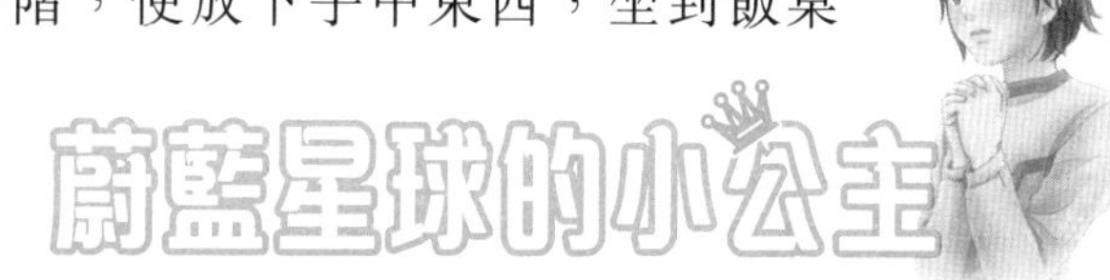

前，拿起碗吃起飯來。

剛吃完飯，曉星就拉着小嵐，說：「小嵐姐姐，我們去月映湖邊看天象去。」

「好啊！」小嵐爽快地答應了。

曉星興高采烈地拉着小嵐就走。曉晴撇了撇嘴，在後面跟着。

走到月映湖，曉星架起三腳架，把望遠鏡對準仙女座星系，並用上面的電腦尋星儀對望遠鏡進行了預置。

「哇，太驚人了，太神秘了！」曉星對着目鏡，驚叫起來。

看了一會，他主動讓出位置，對小嵐說：「小嵐姐姐，快來看。」

他說完，又朝曉晴「哼」了一下，意思是「你剛才揭我的短，我就給小嵐姐姐看，不給你看」。

曉晴也回「哼」了他一下，徑自坐到湖邊的石凳上。

小嵐此刻有點激動，因為透過目鏡，一個由五千億顆星星組成的璀璨奪目的大旋渦映入她的眼簾。面對如此浩瀚的星系，她覺得自己是多麼渺小。

提到天文知識，小嵐不是知道很多，但基本知識還是懂的。

宇宙中有多少星系，至今還沒有一個確切的數字。

哈勃太空望遠鏡是目前進行星系統計和估計的最好工具，據哈勃的觀測揭示了宇宙大約存在一千億個星系，但隨着太空望遠鏡技術的發展，這一估計值可能增加到二千億個。

不過，宇宙本身是無限的，而且也是在不斷膨脹的，所以不排除應該有無限多個我們還不知道的銀河外星系。

小嵐默默地看着，默默地想着，神秘的宇宙啊，你到底有多少秘密是我們不知道的呢？

小嵐離開目鏡，對曉晴說：「你也來看看，真的很震撼呢！」

曉晴故意裝出一副不在乎的樣子，其實她早就忍不住想湊到目鏡前瞧瞧了。聽到小嵐這樣說，她馬上起身走過去。這時忽然聽到曉星驚呼聲：「啊，流星！」

小嵐和曉晴急忙抬頭，看到一道白光無聲地劃過夜空，落到他們位置的西北方，接着，聽到一下有如打雷一般的巨響。

三個人呆呆地看着那流星消失的方向，流星他們看過不少，但這樣近而且還聽到響聲的，還真沒試

過。這說明，這顆流星應該掉落在不遠的地方。

流星帶來的震撼更增加了他們對觀天的興趣，三個人輪流對着目鏡看了又看，想知道多點太空的奧秘，曉星甚至異想天開，希望看到又一顆流星從天上掉下來。三個人直到很晚才拖着疲軟的腳回嫣明苑。

第二天，小嵐在書房裏看瑪婭剛送來的報紙，看到了頭版頭條上的新聞報道：

【本報訊】昨晚七時五十五分，一顆巨大的流星劃過首都夜空，創造了烏莎努爾百年來最為壯觀的流星奇觀。一個白色火球落在西北方，附近市民均聽到了巨大的聲響。

據宇宙科技署流星體跟蹤系統資料表明，該流星進入地球大氣層時重達五十噸，以六萬公里的時速撞向地球。流星經過大氣層時，其大部分物質已被轉化。最後墜落大地時，重量或許還不到一百磅。

有關研究人員，會在今天前往流星落地點，作進一步的勘查。

……

小嵐抬頭對站在一邊的瑪婭說：「你替我打個電話給宇宙科技署，讓他們找到流星確切位置後，馬上通知我。」

「是，公主殿下。」

「小嵐姐姐，你想去看昨晚掉落的隕石？」曉星興奮得小臉紅紅的。

「嗯。」小嵐點點頭。

「哇，隕石萬歲，小嵐姐姐萬歲！」曉星高興得蹦了起來。

宇宙科技處很快回覆了，流星掉落在離市區六十多公里外的一個無人小島。

曉星匆匆忙忙背起了小背囊就往外走，一邊走一邊催促：「小嵐姐姐，走快點！曉晴姐姐，你別磨蹭好不好？」

三個人上了小轎車，曉星又催身旁給他們開車的司機：「小桂子，開快點啊！」

小嵐瞪了他一眼：「那麼急幹嗎，那塊隕石又不會自己跑掉。」

「嘻嘻，我就是想快點看到那塊隕石。一百磅的，一定好大好大的一塊！」他扭過身子，朝後排的小嵐說，「小嵐姐姐，我可不可以拿一小塊隕石，送給學院的天文學會？就一小塊。」

小嵐說：「這個嘛，到時你問科技署那些叔叔伯伯好了。」

「好！」曉星高興地轉回身子，只要小嵐姐不反對就好，自己怎樣磨，也要磨到科技署的叔叔伯伯們給他一小塊隕石。想到之後把隕石帶回學校炫耀時同學們羨慕的眼光，他就更興奮了。

第 7 章　隕石哪裏去了？

小嵐等人去到無人小島時，已是下午三點多了。

看到幾個科技署的專家圍着一個直徑不到兩米的隕石坑在指指點點的，有幾個工作人員就拿着鐵鍬、鐵鏟在坑裏小心翼翼地挖着。

陸孟最先看到了小嵐幾個人，他笑吟吟地迎上去：「公主殿下，您來了？」

小嵐點了點頭，問道：「陸署長，找到隕石沒有？」

陸孟說：「還在挖。」

曉星早已跑了過去，往坑裏瞧瞧，說：「嘩，這流星鑽得好深啊！」

小嵐和曉晴也走近隕石坑，正在工作的人都停下手向小嵐致意：「公主殿下！」

小嵐微笑點頭，說：「辛苦了。你們繼續，不用管我。」

那些專家和工作人員也不再客氣，恭敬不如從命，一個個都繼續專心地工作。

曉星拉拉陸孟的袖子，說：「署長伯伯，等會兒找到隕石，能送一小塊給我們學院的天文學會嗎？」

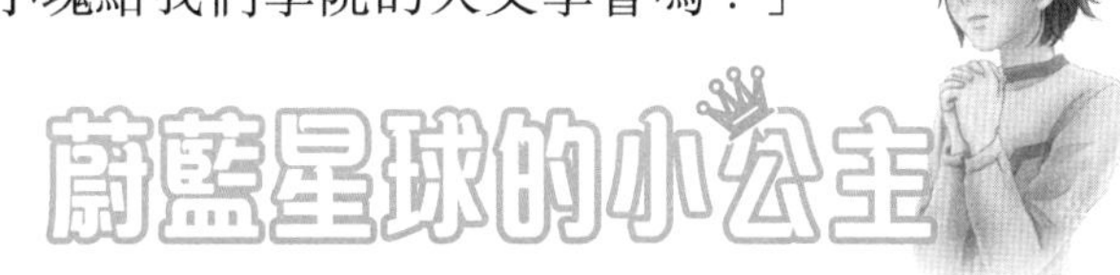

陸孟說：「這個我可不能作主，你找找國王陛下，如果他同意就沒問題。」

曉星滿臉喜色，說：「好，我等會兒就打電話去問萬卡哥哥，萬卡哥哥最疼我了，他一定會同意的。」說完就蹲在隕石坑邊上，目不轉睛地看着，生怕錯過了發現隕石的那一刻。

眼看隕石坑已往下挖了幾十米深了，還不見隕石蹤影，專家們都有點着急了。雖然說曾經也有陷得很深的隕石，如在米國就有一個深一百七十米的隕石坑，但那是極為罕見的，一般都不會陷那麼深。

小嵐看着工作人員挖掘，過了一會兒，問道：「有辦法測到隕石在多深的位置嗎？」

陸孟說：「有。不過那台機器剛好在檢修，我已經讓維修處一修好就馬上送過來。」

又挖了一會兒，還是沒發現隕石，幸好這時維修處的人把探測機送來了。

陸孟叫工人們離開隕石坑，然後啟動了探測機。探尋結果讓專家們都大吃一驚，竟然探測不到隕石蹤影。

太不可思議了，這就是昨晚流星落下的隕石坑，絕對沒錯啊，那為什麼探測機尋不到隕石蹤影呢？

隕石究竟到哪裏去了？！

既然連探測機都探測不到隕石的蹤跡，那就不用再下挖了。探測機的探尋可以深至地底兩百米，難道這詭異的流星真的鑽進了地底二百米以下的深處？

這時候，陸孟的手機響了，他急忙接聽：「喂，哪位？什麼？」

陸孟一臉的驚訝，所有人都望着他。

一會兒，陸孟放下手機，說：「剛剛出版的莫西西國報刊登了一條消息，昨天晚上九點五十六分，當地發生一宗隕星撞擊事件。這顆隕星落地的時間跟我們這裏幾乎是同一時間。」

曉星睜大眼睛：「啊，同一時間？」

「這並不出奇。」一個白頭髮的專家說，「我估計是一顆小行星在太空中一分為二，一半落在這裏，一半落在莫西西國，這種現象很常見。如果要證實，我們可以問問莫西西國，隕石坑泥土的初步化驗結果出來沒有，如果已經有結果的話，就向他們索取有關資料。我們可以對比一下，看看跟我們這隕石坑土壤的成分是不是一樣。」

「嗯，這件事可以馬上進行。」陸孟吩咐身邊的秘書，「你以我名義致電莫西西國天象局，請他們提供一份化驗結果。另外，你也找找科技署化驗科，把我們這邊的化驗結果馬上發過來。」

「是。」秘書立即走到一邊，打電話去了。

陸孟接着又說：「還有一件奇怪的事，我們這裏的隕石往下挖了這麼深都找不到，但那邊的隕石卻一點不費勁就找到了。人們找到落地點，遠遠就見到它躺在地面上。」

曉星插了一句，說：「啊！這流星可真調皮，竟然用兩種不同方式亮相。」

陸孟看了曉星一眼，說：「曉星你一語中的，它真是以兩種方式亮相。據報道，記者採訪了多名目擊者，都說是隕石出現時，就好像一場大爆炸，煙雲一直沖到了天上，就像是從地獄最底層迸出來的一個魔鬼。」

「從地獄冒出來？」小嵐很吃驚，「按照這些目擊者的形容，隕石好像不是從上面掉下來，倒像是從地底下冒出來一樣。」

陸孟點點頭：「採訪的記者當時也很奇怪，但採訪了好多名目擊者，都是這樣說，隕石像是從地底下冒出來的。」

這時，秘書拿着電話來找陸孟：「莫西西國天象局和我們化驗科的初步化驗結果都發過來了，您看看。」

陸孟接過電話，和老專家一塊看着，兩人把兩份驗單對照了一下，專家點點頭，說：「沒錯，莫西西國的隕石，跟我們這裏的隕石是同一顆。」

小嵐沉思着。同一顆隕星，一半落在東方，一半落在西方，落在東方的隕石鑽進深不可見的地底，連探測機都測不到蹤影；落在莫西西國的卻被形容從地下冒出的，這好奇怪啊！

腦子裏有一種想法隱隱冒頭，但小嵐又搖搖頭，好像要把這念頭甩掉。太聳人聽聞了，不會吧！不過她又忍不住拿出手提電話，在互聯網上找到一個能撥動的地球儀。

她找到烏莎努爾的具體地點，接着她又用指頭一撥，撥到莫西西國的那一面，一看上面的經緯線，不禁呆了，莫西西國恰好在烏莎努爾的另一面。

「啊，我明白了！」小嵐喊了一聲。

大家都看向她，眼裏滿是疑問。

小嵐按捺着激動的心情：「雖然這想法有點瘋狂，但我覺得這是最好的解釋。昨晚那顆流星，九時五十五分落在這裏，鑽進地裏，穿過地球，一分鐘後從地球另一面的莫西西國冒出來了！」

「啊！」馬上引起一片驚呼，和夾雜着幾下吸氣聲。

天上掉下來的流星竟然穿過地球，這隕石該是多

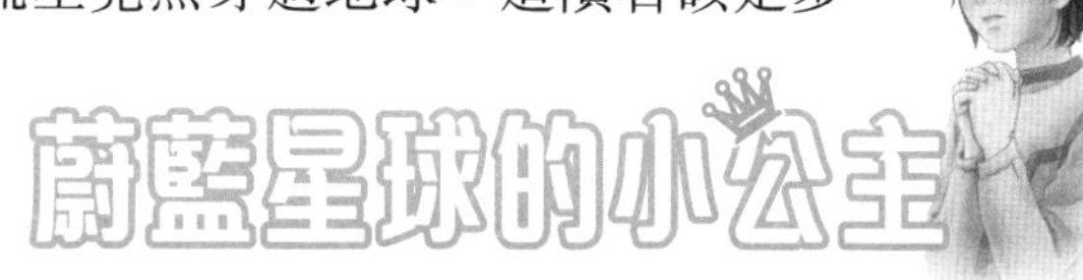

麼堅硬，該是有着多強的穿透力啊！

小嵐的設想雖然有點匪夷所思，但卻是對目前情況最合理的解釋。專家們震驚過後，都紛紛跟公主殿下告別，跑回科技局作進一步的研究認證去了。

留下三個好奇寶寶繼續在隕石坑邊上徘徊。

「哇！」曉星突然大叫一聲，退後幾步。

「啊，救命！」曉晴不知發生了什麼事，尖叫着轉身就跑。

小嵐瞪了他們一眼，說：「鬼叫什麼？神經病！」

曉星遠遠地瞅着那個深深的坑洞，說：「這隕石那麼厲害，可以一下子穿過了地球，一定是有超能力。小嵐姐姐，聽說大部分隕石都有磁性，你說它會不會把我們吸進洞裏，吸到莫西西國去。」

小嵐哭笑不得，說：「會啊會啊，你馬上就『嗖』一聲去到莫西西國吃西餐了。」

曉晴看着黑黝黝的深洞，不禁打了個冷顫，對小嵐說：「小嵐，走，走，我們回去吧！」

哇！
啊，救命！

第 8 章　穿透地球

下午，小嵐和曉晴曉星正在做功課，擱在桌上的手機響了。小嵐拿起手機一看，說：「是萬卡哥哥打來的。」

小嵐揿下接聽，喊道：「萬卡哥哥！」

電話那頭傳來了萬卡淳厚溫和的嗓音：「小嵐，在吃午飯？」

小嵐說：「吃過了，在做功課呢！萬卡哥哥，你在那裏？」

萬卡說：「我在飛機上，等待起飛。」

小嵐驚喜地大喊起來：「萬卡哥哥，不是說明天回來的嗎？提前了？」

萬卡笑着說：「是呀！惦掛着國內的事情，早一天回來了。反正今天下午是遊覽活動，不參加也沒關係。」

「給我給我！」這邊曉星迫不及待地去搶小嵐的手機，「萬卡哥哥，是我，曉星。」

萬卡笑着說：「曉星，萬卡哥哥不在這段時間，你和笨笨有沒有調皮？」

曉星說：「沒有啊！我很乖，笨笨也很乖！」

「哈哈哈哈，那好吧，回去送禮物給你！」

曉星問：「笨笨也有嗎？」

萬卡說：「有，都有！」

曉星高興得咧着嘴巴笑，他把手機交還小嵐：「萬卡哥哥說，我和笨笨都有禮物呢！」

小嵐接過電話：「萬卡哥哥，飛機明天早上能到吧，來嫣明苑一塊吃早餐好不好？」

「早餐不行，司機會直接把我接回辦公室，有幾件工作急着處理。午飯吧，好不好？不過，我可是要吃很多的！天麻國的菜式我不習慣吃，這段時間都沒吃好。」

「沒問題。美味佳餚，保證供應！」

「好，明天中午十二點半準時到。」萬卡用愉快的聲音說着，「對了，小嵐，有一件事委託你。由今天起，每天會召開一個小會，由宇宙科技署匯報最近發生的兩件事，包括外星信號和尋找隕石的研究進展。今天下午是第一次會議，我知道你很關心這些事，你代表我去開會吧！」

「好啊！」小嵐高興地答應了，她正打算今天找個時間問問陸孟呢！現在能直接聽匯報，就更好了。

小嵐剛放下電話，曉星就蹭了過去：「小嵐姐姐，我也要代替萬卡哥哥去參加會議。」

曉晴說：「不害躁，人家萬卡哥哥可沒說讓你去！」

「萬卡哥哥叫小嵐姐姐去，就是叫我去，我是小嵐姐姐的影子部隊，小嵐姐姐去哪，我就跟去哪！」曉星朝曉晴扮了個鬼臉，又去纏小嵐，「帶我去嘛，好不好？好不好？」

小嵐說：「好吧！」

曉晴說：「小嵐，幾點出發？」

曉星眼睛一瞪：「小嵐姐姐可沒說讓你去！」

曉晴瞟了弟弟一眼，撇撇嘴說：「連你都可以去，我為什麼不成？我是小嵐最好的朋友！」

曉星說：「才不是呢！我才是小嵐姐姐最好的朋友！」

曉晴說：「我是！」

曉星說：「我才是！笨笨，你說我是不是小嵐姐姐最好的朋友！」

笨笨的小黑眼睛滴溜溜地看看曉星，又看看曉晴，心裏挺憋屈的：幹嗎要為難我小豬豬呢？

曉晴突然發現不見了小嵐：「咦，小嵐呢！」

兩人只顧吵，沒發現小嵐已經離開飯廳了。

曉晴和曉星互相看了一眼：「追！」

兩人急忙追出去，剛好看到小嵐上了專門接送她的大奔馳車。

「小嵐姐姐，等等我！」

「小嵐，別走！」

回答他們的是一聲機器發動聲，接着「呼」的一下，大奔馳車在他們快跑到跟前時開走了。

「都怪你，把小嵐姐姐氣走了！」

「都怪你，硬要跟小嵐去！」

「怪你！」

「怪你！」

這兩姐弟還在你埋怨我，我埋怨你的時候，小嵐的車已經到了開會的地方了。走進會議室時，與會的人已經到齊，他們分別是萊爾首相，國防大臣洛威將軍、科技大臣戴博、外交大臣賓羅，還有宇宙科技署署長陸孟和之前見過的那位老專家。一見小嵐，大家都站了起來跟小嵐打招呼：「公主殿下！」

小嵐走到主席位，擺擺手，說：「請坐。」

眾人等小嵐坐下後才落坐。

會議由陸孟主持，簡單說了幾句開場白，便讓小嵐之前見過的那位白髮老專家匯報。原來這位老專家是科技署天象研究所所長秦科。

老專家清了清嗓子，說：「公主殿下好，各位好，下面首先匯報一下有關外星信號的情況。」

他看了看面前打開的筆記本電腦，說：「據我們的研究人員反覆驗證，確定信號源來自距地球七千萬公里遠的地方，按距離和位置推測，那地方應是蔚藍星。」

「蔚藍星？那不是科學家認為可能適合人類居住的星球嗎？」洛威將軍失聲喊了起來。

「是呀，據說這顆星球有類似地球的溫度，還很可能有液態水！」外交大臣賓羅點點頭，說。

小嵐心裏挺激動的，她說：「如果這樣的話，那就等於從另一方面證實，蔚藍星真的有外星人了！」

秦科微笑着點點頭。小嵐又問：「信號內容破譯出來沒有？」

秦科遺憾地說：「還沒有呢。情況不順利，我們的破譯小組成員幾乎一天二十四小時埋頭分析研究，但直到現在為止，都沒有進展。」

小嵐說：「那你們抓緊時間。收到外星人發來訊息，但不知內容，不知道他們是善意還是惡意，太被動了。」

「是，公主殿下！我們會努力。」秦科點點頭，「不過，另外一件事，有關隕石，我們有了驚人的發現。」

秦科說到這裏，看了看小嵐，說：「說起來，這個新發現還是公主殿下提醒我們的。公主殿下，了不起！」

秦科朝小嵐豎起大拇指，一臉欽佩。

「哦？」萊爾首相等人都不約而同看了小嵐一眼。早就知道這位公主殿下聰明過人，沒想到連秦科這位國際有名的老專家都對她表示佩服。

小嵐擺了擺手，笑着說：「我也是瞎猜而已，難道真的猜中了？」

秦科點點頭，繼續說：「早兩天公主殿下給我們提了個醒，我回去以後作了各種試驗和驗證，可以肯定，幾天前落在我國和莫西西國的隕石，是同一顆隕石。」

戴博說：「一顆小行星在太空中一分為二，一半落在這裏，一半落在莫西西國，這種現象很常見。」

秦科搖搖頭：「我一開始也這樣想。可是，在公主殿下的提醒下，我向莫西西國要來了他們那邊的隕石的資料，根據兩顆隕石落到地面時出現的情況、兩個隕石坑的情況，還有兩顆隕石落地點在地球上的經緯度，我們發現，這分別出現在地球兩面的隕石，不是分裂的兩塊，而是同一塊。」

「同一塊？」大家都十分吃驚，一臉的不理解。

「是的，是同一塊。真實情況是，隕星從天上掉下

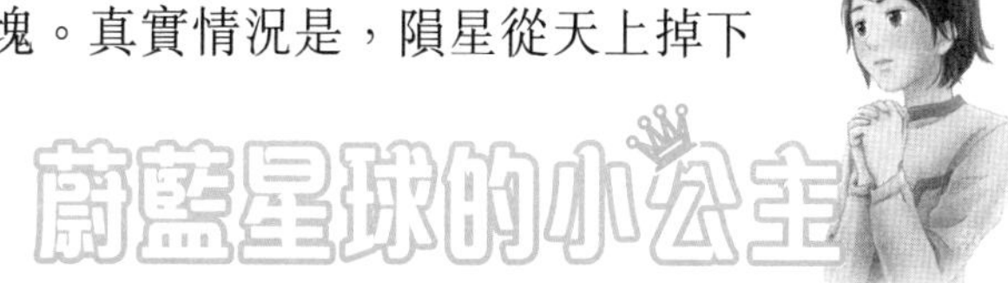

來，一頭紮進我國的土地，然後穿過地球，從莫西西國鑽了出來。」

「啊！」萊爾首相和三位大臣一齊喊了起來。

「隕星穿透地球？真的嗎？太不可思議了！」外交大臣賓羅驚詫得嘴巴都合不起來了。

「難道地球是塊豆腐嗎？地球直徑一萬二千七百五十六點二公里啊，怎可以貫穿？」

「千真萬確！」秦科嚴肅地說。

秦科走到會議室那塊電子版前，盡量用簡單易明的語言和計算方式，向到會的人介紹他們的驗證過程。

除了科技大臣戴博頻頻點頭以表示全懂之外，其他人只是一知半解，不過大致上知道了秦科剛才的結論並無虛言。

大家都很震驚，隕星穿透地球，真是聞所未聞啊！

小嵐說：「陸署長，秦所長，有關外星信號和隕石這兩件事，請你們務必努力，早日勘破它們的秘密。」

「好的，公主殿下。」陸孟點點頭，「我們的專家團隊會加緊破譯外星信號和對隕石進行分析化驗。」

第 9 章　一山不能容二豬

小嵐和曉晴曉星三個人，還有小笨笨豬，正乖乖地坐在餐桌旁邊，等着萬卡到來。這時，瑪婭進來，笑着說：「國王陛下來了！」

「萬卡哥哥來了！萬卡哥哥……」曉星跳下椅子，衝到門口。

萬卡正笑呵呵地走進來，曉星差點撞到他身上。

「萬卡哥哥，禮物禮物！」曉星把萬卡拉進餐廳，嚷嚷着。

「萬卡哥哥！」小嵐和曉晴也走了過來。

萬卡轉身朝後面招招手，秘書西門捧着一堆禮物盒走了進來。

「派禮物囉！」曉星看着禮物盒流口水。

萬卡笑着把禮物分發給三人。小嵐和曉晴都是一條羊毛長圍巾，小嵐那條是白色的，曉晴那條是淡綠色的。天麻國盛產羊毛，羊毛圍巾摸上去柔軟溫暖，小嵐和曉晴都十分喜歡；曉星的禮物是一隻天麻軍錶，這是現今男孩子最希望擁有的，是限量版呢，有錢都買不到，樂得曉星見牙不見眼的。

「嗯嗯嗯嗯，吱兒吱兒！」笨笨見萬卡好像忘了

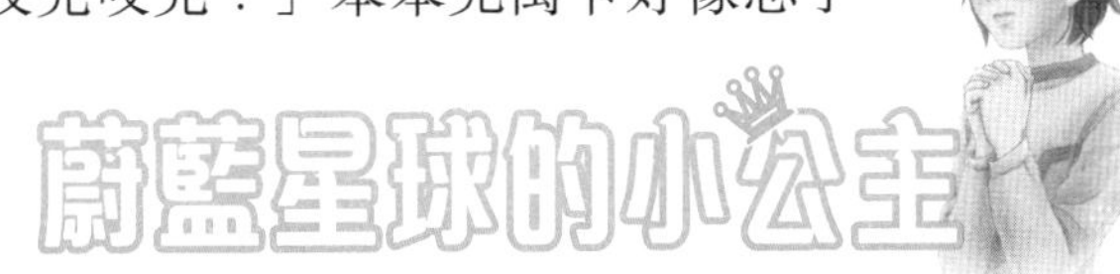

牠那份禮物，急得圍着他的腳踝轉。

「哈哈，差點忘了笨笨的。」萬卡笑着拿出一隻不知什麼材質做的、仿真度很高的玩具小粉豬。

曉星一見笑得眼睛都彎了：「笨笨快看，萬卡哥哥給你找了個小伙伴！」

沒想到笨笨不但沒露出高興的樣子，反而萬分警惕地看着玩具豬，又挑戰似的朝玩具豬「哼哼」了幾聲。

萬卡拍了拍笨笨腦袋一下，哈哈大笑說：「還以為只有一山不容二虎。原來一山也不容二豬呢！看來，我買錯禮物了！」

笨笨一臉委屈。

曉晴一手搶過玩具豬：「不要就給我，免得發生宮鬥！」

笨笨見到曉晴要了玩具豬，高興得用腦袋拱着曉晴的腳，一個勁兒地討好着。可是牠馬上想到禮物沒了，又有點垂頭喪氣的。

曉晴開心地抱着圍巾和玩具豬，說：「好啦笨笨，我等會送你十個玉米。」

笨笨的小黑眼睛頓時發亮，圍着曉晴「哼哼哼」地叫得挺歡。果然是「豬以食為天」！

開飯囉！四人一豬開始吃午飯。

笨笨快看，萬卡哥哥給
你找了個小伙伴！

餐桌上除了六個菜之外，還有一整隻燒雞。曉星最近突然喜歡上了這種吃法——不斬件，整隻上桌，然後用手一扯一隻雞腿，一扯一隻雞翅膀，就這樣用手拿着吃。他最近在追看電視劇水滸傳，很欣賞那些梁山好漢大碗酒大塊肉的吃相，覺得這樣吃雞挺「有型」的，是真正的男人氣概！

笨笨看在眼裏很羨慕，有樣學樣，一隻前腳趴在桌上，另一隻前腳抓着一隻雞脖子津津有味地啃。這傢伙跟曉星學壞了，曉星吃什麼牠就吃什麼。當然豬肉牠是不吃的，大概是怕讓其他豬知道了會被痛揍一頓。

「曉星，小心變小胖子。」萬卡看看曉星手裏的雞腿，笑着說。

曉星嘴裏塞滿了東西，含含糊糊地說：「放心吧萬卡哥哥，我天生的英俊瀟灑、玉樹臨風……」

曉晴瞟他一眼：「嗤！『肉』樹臨風才對。」

曉星瞟了曉晴一眼，說：「姐姐，別說我不提醒你，你那小粗腿，才是真正的『肉』樹呢！」

這下戳中了曉晴的痛處，她用手拍了曉星一下：「什麼小粗腿，我的身材不知道多標準。」

曉星一本正經地說：「如果以笨笨作標準，姐姐的確比牠苗條了一點。」

曉晴大怒，拿着筷子去打曉星：「死小孩，把我跟你的小笨豬比！」

小嵐笑着說：「嘿嘿，別打啦！人家正在發育長大，小心把他打小了。」

曉晴說：「打小了好啊！最好把他打得變成微生物，眼不見，心不煩！」

小嵐忍俊不禁，「噗嗤」一聲笑了，不小心被嘴裏的東西嗆了一下，咳嗽起來。

正在溫和地笑看他們打鬧的萬卡，急忙放下碗筷，一手輕輕拍着小嵐的背，一手拿了杯水遞過去：「喝口水會好些。」

小嵐喝了幾口水，才止住了咳嗽。

萬卡發揮大哥哥本色：「好啦，別鬧了，好好吃飯。」

曉星朝曉晴扮了個鬼臉：「聽到沒有，萬卡哥哥叫你別鬧。」

曉晴撇撇嘴：「是叫你別鬧才對！」

萬卡突然想起了什麼：「忘了跟你們講，下午三點，文化部試片室播放剛買版的立體影片《星河奇兵》，我們一塊去看。」

「啊，太好了！」曉星放下筷子，跑到萬卡身邊，摟住他胳膊。

「哇，好開心哦！」曉晴眼裏閃着星星。

小嵐也一臉興奮，舉起兩隻手指，做了個勝利手勢。

萬卡見到他們這樣興奮，問：「你們很喜歡這電影？」

曉星拉着萬卡的手撒嬌：「我們最喜歡的是陪我們看電影的人。萬卡哥哥，你很久沒跟我們一塊看電影了。」

「啊，是嗎？」萬卡看了看小嵐和曉晴。

小嵐和曉晴煞有介事地點着頭。萬卡聳聳肩，說：「好，我以後爭取多點和你們一起去看電影。」

曉星和曉晴已經開始盤算買什麼好吃的東西去看電影了，兩個人頭挨頭點着手指數：「薯片、蝦條、朱古力、汽水……」

「篤篤篤！」這時，有人在餐廳外面輕輕敲門，「國王陛下！」

「進來！」萬卡喊道。

國王秘書西門推門走了進來：「國王陛下，剛剛接到宇宙科技署的陸署長電話，說是隕石的分析有了重大突破，希望可以馬上召開會議。」

萬卡看了看手錶，對西門說：「好。現在是一點三十分，你通知首相和洛威將軍、科技大臣、外交大臣，還有陸孟署長，兩點正去中央會議室開會。」

「是，陛下！」西門向萬卡鞠躬，轉身走出了餐廳。

曉星撅起嘴：「萬卡哥哥，電影又看不成了是不是？」

萬卡一臉歉意：「真對不起。或者你們自己去好不好？」

曉星一臉不高興：「不去啦，沒有萬卡哥哥陪，沒勁！」

小嵐眨了眨眼睛，笑嘻嘻地說：「不要緊啦，不過得作點補償，放假時帶我們去遊張家界大峽谷玻璃橋。」

曉晴曉星「嗖」地把眼球轉向萬卡。

萬卡笑說：「好，沒問題！」

「真的？太好了！」曉晴曉星興奮地跳了起來。

他們早就想去了！張家界大峽谷玻璃橋，橋面長三百七十五米，寬六米，橋面距谷底相對高度約三百米，長度、高度都位居世界第一。全透明玻璃橋啊，走在上面太刺激好玩了！

小嵐豎起兩隻手指，得意地在萬卡面前「耶」了一聲。跟國王陛下談條件，就是要在適當的時機。

曉晴曉星兩個傢伙已經沒心緒吃飯，掏出手提電

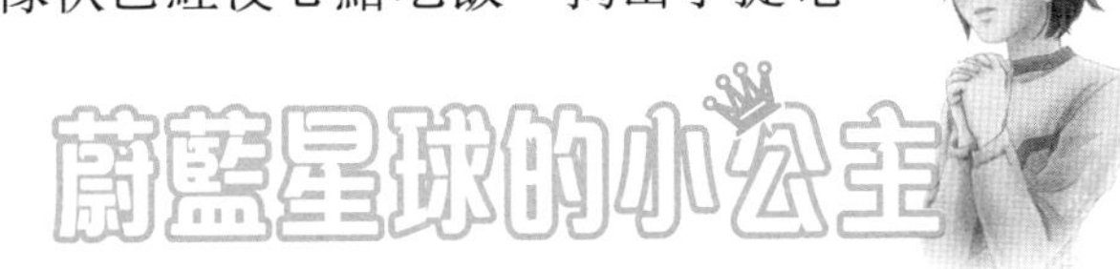

話，找同學炫耀去了：

「小冬，告訴你一個消息，我很快會去張家界玩兒了，到那座全透明玻璃橋走走，哇，好好玩哦！……」

「敏敏，萬卡哥哥說放假時帶我去張家界大峽谷呢！啊，你好蔽塞啊，那座玻璃橋，離地面三百米，膽子小點都不敢走呢！……」

小嵐扯扯萬卡的袖子，說：「我也去聽聽下午那個會議。我們悄悄走，甩掉那兩個跟屁蟲……」

萬卡點了點頭，國王和公主手拉手，躲貓貓似的避開了曉晴曉星的視線，悄悄離開了餐廳。那兩個傢伙還在對着電話洋洋得意地吹牛皮呢！

第 10 章　把地球變成橙子般大

萬卡和小嵐正趕往開會地點，突然萬卡的手機響了。萬卡打開手機一聽，原來是外交大臣賓羅找他：「國王陛下，原定明天上午才回國的金羅國王，因國內有急事要提早離開，下午三點零二分的飛機，您能來送送他嗎？」

金羅國跟烏莎努爾是長期合作的國家，一向關係良好，所以萬卡對賓羅大臣說：「好的，我馬上去。」

賓羅大臣說：「好的，我們在國賓館的會客室等您。」

萬卡關上電話，對小嵐說：「小嵐，看來這次會議還得由你代我去參加。我要去送送金羅國王。開完會你去我辦公室，把內容告訴我。」

「沒問題。」

兩人兵分兩路，各做各事去了。

小嵐走入會議室時，其他人已到齊了。還是上次那些人，萊爾首相、洛威將軍寶碩、科技大臣戴博，還有宇宙科技署署長陸孟，只是缺了那位老專家秦科，和陪同國王去機場送行的外交大臣賓羅。

小嵐笑着說：「國王臨時有外事活動不能來，讓我代他參加會議。」

小嵐朝陸孟點點頭，示意可以開始。

「情況有點嚴峻。」陸孟神情有點激動，他說，「經過我們的專家反覆研究化驗，確定早前落在我國的那塊隕石，是一大塊奇異物質。」

「奇異物質？」小嵐睜大眼睛，說，「這東西學校老師上課時有提過。它是一種超密度的極端的物質。」

陸孟點點頭：「公主說得沒錯。這種超密度物質很恐怖，打個比方說，整個地球如果是用這種物質構成的話，那它就只有一個橙子那麼大。」

「啊？！ 地球變得只有一個橙子那麼大？！」在坐的人面面相覷，無法相信。

陸孟接着說：「而且它有個驚人的特點，就是任何常態物質，只要跟它緊密接觸，都會變成奇異物質。」

小嵐問：「早前掉下來旳那塊奇異物質穿過了地球，接觸了地球，那為什麼地球還在，沒有變成橙子大小？」

「公主問得好！」陸孟說，「這是地球的幸運。因為那天掉下來的那塊東西很小，而且速度很快。它一直穿過了地球，沒有停留。如果它的速度很慢，留在了地球裏面，那地球就會變成奇異物質，那我們現在就都不存在了。」

萊爾首相臉色嚴峻：「是不是說，如果掉下更大的速度又慢的奇異物質，那地球就很危險了？」

「是！」陸孟點點頭。

在坐的人臉色大變，互相交換着震驚的目光。

陸孟：「還有，值得注意的是，有跡象表明，奇異物質撞擊地球很可能是經過瞄準的。」

小嵐問：「經過瞄準的？你是說這些東西不是自己掉下來的，而是人為發射的？」

洛威將軍一拍桌子：「是誰活得不耐煩了，敢發射這種可怕的東西！」

陸孟搖搖頭：「不，我們所有優秀的物理學家們，都一致認為，地球上絕對沒有一個國家或者個人，擁有製造這種奇異物質的技術。」

科技大臣說：「既然地球上沒人能製造這種奇異物質，那究竟是誰向我們發射了那東西？難道是……」

科技大臣雖然沒說下去，但所有人都明白他指的是什麼。

陸孟苦笑一下，說：「沒錯。根據隕石掉下來的

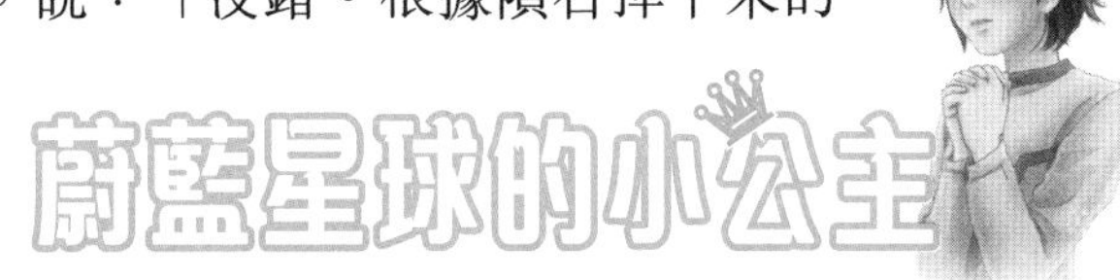

軌道，我們可以肯定它是從外星球發出的。」

會議室裏一片死寂，沒有人說一句話。萊爾首相緩緩地吐了一口氣，他看着陸孟，用有點不自然的聲音問道：「難道是……外星人幹的？」

「只能這樣解釋，首相大人！」

小嵐想了想，說：「這件事，會不會跟之前來自蔚藍星的信號有關？」

陸孟點點頭說：「不排除有這樣的可能。因為根據隕星下落的軌道，確實是來自蔚藍星方向。不過，也不能肯定，那個方向畢竟還有多個星球。可惜直到現在為止，對外星信號的破譯工作仍沒進展，而且也沒收到其他國家傳來破譯的消息。」

萊爾首相說：「按現在情況，破譯外星信號很關鍵。很明顯，外星人想告訴我們什麼。可惜的是，我們接收到了，但卻不知道是什麼意思，是向我們發出宣戰，還是向我們拋橄欖枝表示友好？這樣太被動了！」

洛威將軍說：「首相先生，連危險的奇異物質都擲來了，還可能是友好嗎？」

科技大臣說：「那也很難說。那塊奇異物質不是沒造成什麼影響嗎？也許他們是想跟我們開個玩笑而已。」

「居安思危，這事必須慎重。」萊爾首相問洛威將軍，「萬一再有隕石落下，有沒有可能利用防空系統，在隕石墜至地球一定距離時發射導彈將它摧毀，形成破壞力較小的隕石雨？」

洛威將軍皺着眉頭說：「以現在的科技水準，要做到這點有點難。而且外星人發射來的是奇異物質，我們很難擔保隕石會不會因碎成多塊，而減低速度，令碎塊滯留地球裏面，造成地球更大的災難。」

萊爾首相：「現在太被動了，不知道對方意圖，也不知道對方還有沒有後招。我知道宇宙科技署近來壓力很大，但我還是不得不懇請專家們加快步伐。」

陸孟說：「好的。」

萊爾首相說：「那今天的匯報會就開到這裏，就請小嵐公主把今天的匯報內容轉達給國王陛下。」

小嵐去到國王辦公室，萬卡剛剛從機場回來，正拿着杯子從水機裏斟水。見到小嵐，他嘴角一翹，英俊的臉上露出了和煦的笑容。他把杯子遞給小嵐，說：「來，喝點水。」

「謝謝！」小嵐也渴了，咕嚕咕嚕喝了一半，把杯子交回給萬卡。

「坐這。」萬卡拉着小嵐的手，兩人一起在沙發上坐了下來，「今天科技署有什麼新的發現。」

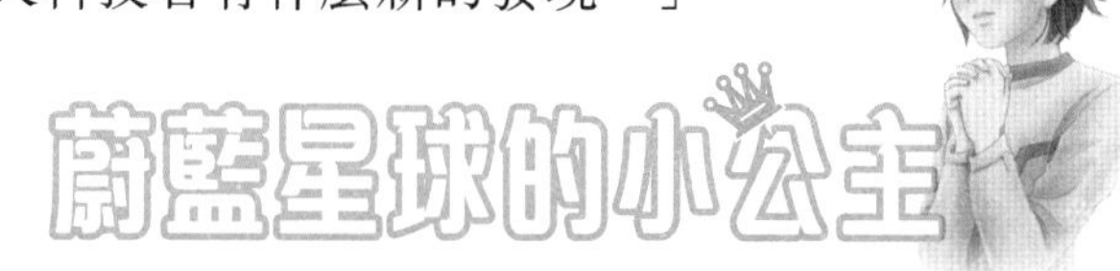

「噢，是這樣的……」小嵐一五一十把會議情況向萬卡說了。

「奇異物質？」萬卡皺了皺眉頭，「這東西讀書時學過。是一種很危險的超密度物質。它可以把碰到的物質同化，變成跟它一樣的物質。如果它落到地球裏面，那地球就完了。外星人把奇異物質發射到地球，又利用速度讓它穿過地球而不是停在地球內部，我認為很有可能是他們的一種警告。你把這件事同外星信號聯繫起來看，我很贊同，有可能是外星人先是口頭上的警告，再用奇異物質給個下馬威。如果按他們的套路，豈不是會再來一次更大的下馬威？」

「嗯。」小嵐點了點頭，突然想起了什麼，對萬卡說，「萬卡哥哥，有件事我想告訴你。」

萬卡看着小嵐那雙黑亮的眼睛，溫柔地說：「你說。」

小嵐：「半個月前，就在你去了天麻國開峯會那段時間，曾經發生了這樣一件事：有個二十歲左右的年輕人上了友誼大廈天台，要求見你，還說如果你不見他，他就要從天台跳下去。」

「哦？竟然有這樣的事！」萬卡驚訝地揚起了眉毛。

「後來我以公主的身分去見他了，他說他叫蕭延

哦？竟然有這樣的事！

子，他說有外星人要入侵地球，要我們趕緊出動軍隊和最新科技武器去迎戰。我問他消息來源，問他有什麼依據，他說不出來，後來發脾氣跑掉了。」

「是這樣啊！那你怎麼看？」

小嵐說：「當時我是不怎麼相信他的，他沒證據，而且還喝了酒。」

萬卡點點頭：「這樣確實很難讓人相信他的話。」

「是呀！」小嵐繼續說，「但是，聯繫到這段時間發生的事，又是收到外星信號，又是外星發射奇異物質，我想，會不會蕭延子真的知道些什麼？」

萬卡想了想，說：「你說得對，得趕緊找到這個人。」

小嵐說：「要找他並不容易。我曾經讓國家安全署查這個人，但安全署提供的二千多個蕭延子，都不是我們見到的那一個。所以，蕭延子並不是他真實名字，又或者，蕭延子根本不是烏莎努爾人。」

萬卡說：「這樣吧，你跟我去安全署一趟。那裏有個很厲害的畫家，只要把一個人的相貌向他描述，他就能把那人的肖像畫出八九成相似。我們把肖像畫交給各地警局，到處張貼，利用羣眾力量，說不定能找到蕭延子。」

小嵐高興地說：「噢，那太好了！」

安全署那位畫家伯伯真是超級厲害，小嵐只是大約地說了蕭延子的外貌特徵——高鼻樑、丹鳳眼、薄嘴唇，約一米八的個子，身材瘦削……小嵐邊說，伯伯手下的炭筆邊「嗖嗖嗖」地畫着，小嵐說完，他筆下的肖像畫也完成了，小嵐一看，驚訝得合不上嘴巴，肖像畫跟蕭延子本人竟然有九成的相像！

肖像畫馬上被發往各地警局，名為「尋找蕭延子」的行動開始了。

第 11 章　嗚嗚，不打針行不行？

回到嫣明苑時，見到曉晴一個人坐在花園裏，邊嗑瓜子邊看書。

「曉星呢？」小嵐沒見到曉星，便問。

曉晴指指不遠處那個小小的兒童遊樂場，「在那玩轉轉椅。」

嫣明苑之前是小王子小公主住的地方，所以設有好些兒童遊樂設施。

「啊！」小嵐望向遊樂場，心想，多大的人了，還玩那小朋友才玩的轉轉椅。

「小嵐姐姐，快來看，我好厲害。已經轉了兩分鐘了！」曉星見到小嵐，大聲咋呼起來。

小嵐朝遊樂場走去，見到有着八個座位的電動轉轉椅上坐了兩名乘客，一個是曉星，一個是小香豬笨笨，一人一豬正得意地朝小嵐眨着眼睛。

「曉星，你越活越回去了，還玩這個！」

曉星說：「我不是玩，我是在做訓練。我已經決定長大做宇航員了，所以從現在起就做好準備。上次陸叔叔不是說宇航員訓練時，轉五分鐘就算合格嗎？我剛才試過可以轉三分鐘，所以我這次打算轉四分鐘，一步步來。噢，四分鐘了，勝利在望，耶！」

曉星得意地豎起兩隻手指。笨笨見了，馬上跟着舉起兩隻前腳。

小嵐心裏好笑，這小孩想得太美了。人家宇航員坐電動椅進行訓練，是每分鐘飛速旋轉二十四圈，哪像這兒童玩的轉椅，轉起來慢悠悠的。

電動轉轉椅慢慢停了下來。曉星站起來，一躍就跳下地，沒想到這轉轉椅轉速雖然慢，但人在上面轉久了也會失去平衡的，曉星一下站不穩，「啪」一聲，結結實實摔在地上了。

小嵐趕緊上前扶他：「痛不痛，有摔傷嗎？」

曉星站起來，苦着臉，指着手肘處：「好痛！」

這時曉晴也跑了過來，小嵐捋起曉星的袖子，不由得倒吸了一口氣，只見他的手肘上被擦傷了，血肉模糊的，看來像是摔得不輕。

小嵐不知道曉星還有沒有別的傷，嚇得趕緊打了個電話給萬卡：「萬卡哥哥，曉星摔傷了，快找個醫生來。」

小嵐和曉晴把曉星送回房間後，讓他躺在牀上。這時萬卡親自開車把醫生送來了，曉星見到萬卡，竟扁扁嘴，眼圈也紅了。

「沒事沒事！」萬卡坐在曉星牀邊，安慰着，又

叫醫生趕緊檢查傷勢。

醫生仔細檢查了一遍，說：「骨頭沒問題，只是皮外傷。」

醫生給曉星清洗了傷口，又上了藥，再用繃帶一圈圈纏好。

醫生包紮好，又從藥箱裏拿出一枝針筒，說：「要打支破傷風針，提防感染發炎。」

曉星一見那針筒就臉色發白：「嗚嗚，不打針行不行？」

原來這傢伙怕打針的。

醫生笑瞇瞇地說：「不行。打針不會發炎，打針好。」

曉星直往牀裏面縮：「我不想打針，我寧願吃藥。」

醫生表情像個大肚笑佛：「打針效果快，打針好。」

萬卡朝曉星招手：「曉星聽話，快來。」

曉星站在牀上，兩手扒着牆，死也不肯出去，還高喊着：「我要吃藥，我要吃藥！」

站在房間外面的眾宮女聽了都面面相覷，不明白曉星少爺為什麼哭着喊着要吃藥？

房間內的人開始以物質利誘曉星小朋友打針了。

萬卡答應送給他一個宇宙飛船模型，小嵐答應送給他一個最新型號的遊戲機，曉星到最後再向曉晴敲詐了他垂涎已久的、曉晴的一個限量版手機套，才萬般委屈地答應了打針。

在一陣鬼哭狼嚎之後，總算打完針了，受了小小苦楚卻得了大大便宜的曉星仍躲在被子裏扮委屈。

之後萬卡帶着醫生走了，小嵐和曉晴也各哼了一聲走了，只有被嚇得躲在角落的小豬笨笨跑了出來，拱開被子，鑽進被窩撫慰小主人去了。

曉星一直賭氣到晚飯時分，到底敵不過從飯廳傳來的飯菜香味，才委委屈屈地帶着笨笨出了被窩。

「我要吃藥……」小嵐學着曉星的聲音喊了一聲，接着和曉晴一起狂笑起來。

「你們欺負人!」曉星使勁跺了一下腳，又跑回自己房間去了。

小嵐揉揉笑痛了的肚子，叫來瑪婭：「把留給曉星的飯菜送到他房間吧!」

「是，公主！」瑪婭抿住嘴，好像也在忍笑。

吃完飯，小嵐和曉晴在書房做作業，也不去管曉星。倒是那傢伙忍受不了寂寞，自個兒從房間裏挪了出來，坐到沙發上，看着包紮好的手肘自說自話：「哇，看我這手纏得多漂亮啊！像藝術品似的。」

「嗯嗯。」笨笨抬頭望着主人，嘴裏哼哼着表示贊同。

「看，連笨笨也説是呢！」曉星故意加大聲音，想吸引兩個姐姐注意。

「小嵐，這道題我不大理解，給我説説好嗎？」

「曉晴，這道題不難啊，可以這樣解答……」

「啊，原來這麼簡單。」

「對，就這麼簡單。」

曉星看着兩個把他當空氣的姐姐，委屈極了：「喂，看看我的手好嗎？真是包紮得好漂亮呢！」

小嵐轉頭看了曉星一眼，説：「曉星，你該吃藥了。」

「哈哈哈哈……」兩個女孩又是一陣大笑。

「啊！」曉星發飆了，抓着頭髮跑了出去。

小嵐和曉晴正在捧着肚子大笑，突然聽到電話響。小嵐拿起手機一看，卻是一個不認識的號碼。小嵐心想別又是那些無聊的廣告電話吧！剛想關掉，但想想還是接聽了：

「喂，哪位？」

傳來一把男聲：「喂，我是友誼大廈的護衛員。你是不是上次留電話號碼給我，讓我留意那個跳樓男子的小姑娘？」

小嵐一聽，興奮地說：「是是是，有那人的消息嗎？」

那護衞員說：「我剛才去巡樓，上到天台時，見到那人在葡萄架下睡覺呢！」

小嵐真是喜出望外，急急地說：「好，你別驚動他，我馬上過來！」

小嵐關上電話，二話沒說，拔腿就往外走。

「怎麼回事？」曉晴追了上去。

曉星不知從哪裏冒了出來，也追在曉晴後面。

小嵐邊跑邊說：「有蕭延子消息了，他就在友誼大廈天台。」

「啊！」曉晴曉星聽了也很興奮，跟在小嵐後面，一路小跑，直出宮門奔向友誼大廈。

剛走出宮門，小嵐的手機又響了，小嵐拿起電話看到顯示是萬卡打來，忙接聽。

「什麼，人造衞星拍到異常物體？」小嵐臉色一變。

「什麼異常物體？」曉晴和曉星異口同聲問。

小嵐放下電話，見到曉晴和曉星探詢的目光，歎了口氣，說：「萬卡哥哥打電話來，在我們的人造衞星傳送回來的影像中，發現幾十個異常物體，正向地球飛來。」

「啊，幾十個！」曉晴被嚇到了。

「我們去科技署看看好不好？」曉星說。

小嵐說：「不，我們還是先去找蕭延子！」

第 12 章　被抓住的四個倒楣蛋

小嵐三人很快到了友誼大廈，走進大堂。正在大堂值班的護衞員還認得他們，説道：「那人應該還在天台，沒見他下來。」

小嵐匆匆向護衞員道了謝，便急急地跑入電梯。

電梯很快到了頂樓天台，這時天已入黑，借着月色，可以看到葡萄架下的石凳上躺着一個人——樣貌俊秀、臉白唇紅、眼角上挑，穿一身白色衣裳。

小嵐走到跟前，氣呼呼地叉着腰，大聲説：「好你個蕭延子，找得我們好慘！」

曉晴見蕭延子仍沒醒，也説：「蕭延子，大帥哥，快醒醒！」

那蕭延子仍然呼呼大睡。

「你們真沒用，看我的！」曉星對着蕭延子的耳朵，大聲説，「小燕子，還珠格格，快起來！」

「誰？！」蕭延子嚇了一跳，趕緊爬起來。蕭延子擦了擦眼睛，認出了小嵐他們，「吵死了，人家昨晚一宿沒睡呢！」

小嵐説：「喂，我問你，那天在辯論會上，你幹嗎要跑掉？你沒聽到我喊你嗎？」

蕭延子懶洋洋地說：「第六感告訴我，有人要抓我，所以我要逃命。」

「有人抓你？」曉晴眨着大眼睛，「為什麼要抓你？是因為你太帥嗎？」

曉星聳聳肩：「嗤，他還沒我帥呢，又不見有人抓我！」

小嵐說：「好啦，廢話少說。有件事想請你幫幫忙。」

蕭延子「哼」了一聲，一轉身把背脊對着小嵐他們。

曉晴笑嘻嘻地說：「哇，帥哥哥，你好有性格哦，我喜歡！」

曉星氣沖沖地說：「小燕子，你太過分了，竟然對小嵐姐姐發脾氣。我鄙視你！」

小嵐說：「喂，男子漢大丈夫，別那麼小氣好不好？」

蕭延子又「哼」了一聲，總算轉過身來了：「還知道來找我嗎？又相信我了？」

小嵐怕一不小心又傷害了他的小心靈，便說：「好啦好啦，相信你了。」

「這還差不多。」蕭延子伸了個懶腰，說，「找我幹什麼？」

小嵐問道：「你說外星人要來，具體什麼時候？」

蕭延子說：「我只知道他們已經在密謀，具體什麼時候不知道！」

小嵐又問：「好，我再問你，你既然能知道外星人在幹什麼，那你能不能翻譯從外星來的無線電信號？」

蕭延子看了小嵐一眼，得意地說：「這個嘛，太容易了！」

看着這個神秘兮兮的怪哥哥，小嵐心裏有點十五十六，過了一兒才下了決心，死馬當活馬醫好了，即管帶他去試試。

於是，一行四人下了樓，走出了友誼大廈。

從友誼大廈到宇宙科技署說近不近，還是要走十幾分鐘的路，小嵐正在想要不要打電話叫司機來接，突然蕭延子「啊」了一聲，拔腿就跑。

「喂，又想跑！」小嵐急忙伸一抓，抓住了蕭延子的衣服下襬。

蕭延子也不管，只管發瘋地向友誼大廈附近那個公園跑去。

小嵐沒法，只好一邊跟着他跑，一邊死死抓着他的衣服。

曉晴和曉星不知發生什麼事，也跟在後面跑。

小嵐跑着跑着，發覺後面的腳步聲似乎不止曉晴曉星兩個人，回頭一看，發現六七幾米遠的地方，有五個人在追他們。

啊，原來真是有人要抓蕭延子！怪不得他竄得像隻兔子那麼快。

小嵐放開了蕭延子的衣服，免得妨礙了他跑快，同時也回頭催促那兩姐弟：「快，後面有人追！」

聽到後面雜亂的腳步聲越來越近，小嵐有點急了，想打電話找救兵，但又不能停下腳步。而公園裏又靜悄悄的，想向人求救都沒辦法。

正在這時，聽到「啪」一下有人跌倒的聲音，接着聽到曉晴「啊」的一聲尖叫，小嵐急忙回頭，見到曉晴跌倒在地。

小嵐當然不能扔下曉晴不管，她馬上回身去扶曉晴，就在這時候，後面那些人已經追來了，把小嵐三人團團圍住。

其中一個身材較高的男人像是領頭的，他留下三個人看着小嵐他們，自己和另外一人去追蕭延子。

小嵐顧不得理會那些人，急忙去查看曉晴有沒有受傷，幸虧那是鬆軟的泥地，只是擦破了點皮，沒什麼大問題。

這時，聽到蕭延子的怒罵聲，原來他也給抓住了，正被那兩個人押着走回來。

小嵐安慰了曉晴幾句，站了起來。她發現那五個都是身高體壯的男人，以自己四個人之力很難逃掉，便大聲喝問：「你們是什麼人，竟然敢明目張膽地抓人。」

那高個子男人盯了小嵐幾眼，說：「哼哼，本來只想抓這白臉小子的。不過既然讓你們看到了，就不能放你們走。」

小嵐還想說什麼，那高個子朝另外四人打了個眼色，那四個人各自從口袋掏出毛巾，快速地塞到小嵐四人嘴裏，又拿出繩子把他們捆起來。

曉星掙扎着，「噢噢噢」叫着。高個扯下他嘴裏的毛巾：「小子，想說什麼？」

曉星大聲說：「你們不知道這是公主殿下嗎？連公主也敢抓！」

「公主？」那幾個人好像吃了一驚，趕緊看看曉晴，又看看小嵐。不過昏暗的路燈下他們也沒法看清楚。

那高個子「嗤」了一聲，順手把毛巾堵住曉星嘴巴，又說：「臭小子，騙誰呢！公主出門不都是前呼後擁，保鏢一大堆的嗎？像你們這樣滿大街跑，保護

的人沒一個，還敢冒充公主。」

曉晴和曉星哀怨地看着小嵐。悲劇啊，誰叫自己碰到的是一個另類公主呢！要是小嵐肯讓保鏢跟隨，就不會發生今天的事了！

第 13 章　遇上邪教組織

那五個人押着小嵐等人走上一段僻靜的小路，又走了一段往下的斜坡，來到拱形的一個洞口前面，洞口有一扇用粗鐵枝造成的鐵柵門攔着。高個子男人在鐵門上敲了幾下。

「哐」的一聲，裏面有人拉開了鐵柵門，一個頂着滿頭亂糟糟頭髮的腦袋伸了出來，那是個年青男人，他眼睛滴溜溜地把門外的人都打量了一遍：「哇，高佬你好厲害，終於把這小子抓回來了，教主還得靠他請外星大神呢！咦，怎麼還多了幾個？」

「自己撞上來的倒楣蛋！」高個子説，「教主呢？」

另外一個看門人回答説：「正在跳請神舞呢！」

「好，那先把這幾個人帶進去，等跳完請神舞，再把人交給教主。」

小嵐四個人被他們推推搡搡地帶了進去。

借着牆上掛着的野營燈發出的微黃光線，可以看到他們進入的是一個城市下水道裏。這下水道很大，長不見盡頭，寬有十多米，地面十分乾燥，想是很久沒排水了。

走了不一會便聽到音樂聲，還有「咚咚咚」的悶響，好像還有人說話的聲音。走近時，才發現是有三四十人在那裏跳着一種古怪的舞。他們一會兒劇烈地甩動頭部，一會兒扭着屁股，一會兒又使勁地跺腳，剛才聽到的咚咚聲，就是他們跺腳發出的聲音。看看他們的神態，如癡如醉，好像吃了迷幻藥似的。

在這些人的前面，有一個披着紛亂的長頭髮的男人，他做着和其他人一樣的動作，一邊跳，一邊念念有詞：「……一起祈求吧，地球魔鬼橫行，只有外星大神才能拯救人類，只有百厭教信眾才能得到救贖。外星大神啊，救救迷途的地球人吧！快送來您的神音，快帶我們走上登天的梯子……」

將小嵐他們綁來的那幾個大漢，也跑過去跟那些人一塊扭了一會兒，看着五個牛高馬大的壯漢扭着屁股，小嵐他們好想狂笑，但嘴又被堵住，一個個憋得小臉通紅。那些大漢扭了一會兒，又押着小嵐他們繼續往裏面走。

在離開那幫神經病幾十米遠的地方，那五個大漢把小嵐他們推倒在地，領頭的高個子狠狠地說了聲：「老實點，別想着逃跑，否則請外星大神滅了你們。」

一個胖嘟嘟的大叔說：「把他們嘴裏的毛巾拿掉

吧，這裏空氣本來不好，別把他們給悶死了！」

高個子點點頭，胖子大叔就走過去，把小嵐四個人嘴裏的毛巾都扯下來了。

那五個人扔下小嵐他們，就急急忙忙地跑了，他們很快加入跳舞隊伍，一塊扭屁股跺腳去了。

弄掉了毛巾，大家都舒服地呼吸了幾口大氣。

不過，嘴巴解放了，蕭延子有難了。小嵐和曉晴、曉星都怒氣衝衝地看着他，興師問罪。

小嵐說：「蕭延子，你搞什麼鬼，怎麼招惹了這班瘋子？這些是什麼人？」

「我，我……」蕭延子挺委屈的。

原來，這班人是個叫「百厭」的邪教組織。這個教派的成員，全都是些怨氣沖天的對現實不滿的傢伙。百厭，意思就是對什麼都討厭，討厭自己，討厭家人，討厭人類，討厭大自然，甚至討厭自己賴以生存的地球。他們認為只要地球毀滅，他們就能得到重生。

「原來是這幫人！」小嵐皺着眉頭，說，「我也聽說過這個教派，他們的首領叫麻止，這人到處散播地球罪惡論、地球毀滅重生論，專門拉一些對社會對現實不滿的人入教，還哄這些人把家產獻出來作教派活動經費。」

曉晴說：「啊，原來是他們！聽說，這個教派內很多人都把部分甚至全部家產賣掉，交給了麻止。他們思想偏激，做事不顧後果，結果造成與親人決裂、家庭破碎。他們在社會上傳播地球毀滅重生論，導致出現很多社會問題。前段時間警署曾經展開行動，打擊和勒令解散這個組織，沒想到他們的一班中堅分子仍不肯放棄，從明轉到暗，躲到這下水道搞活動了。」

曉星盯着蕭延子，一臉的嫌棄：「你也是他們教派的人？」

蕭延子生氣地說：「當然不是！我又沒瘋！」

曉晴盯着蕭延子：「那幹嗎他們要抓你？」

蕭延子吞吞吐吐的，好一會兒才說：「因為我開始不知道他們想幹什麼，見他們很崇拜外星人，就告訴他們我就是外星人。沒想到他們就賴上我了，瘋狂地追着我要我把他們引見給外星人。我只好逃跑……」

「哼！」小嵐說，「吹牛皮吹出禍來了吧！真好笑，說自己是外星人。也就是瘋子才會相信吧！」

曉晴說：「帥哥哥，幹嗎說自己是外星人，撒謊會長出長鼻子的。」

曉星說：「吹牛皮警察叔叔會抓你的！」

蕭延子氣呼呼地說：「我沒吹牛，我沒撒謊！我就是外星人。」

曉星定睛看着他，退後幾步瞧瞧，接着又向前幾步瞧瞧。

蕭延子沒好氣地說：「看什麼看，我臉上長了朵花嗎？」

曉星搖搖頭說：「不像。腦袋沒有比身體大，眼睛也沒有陷進去，皮膚也不是綠的。」

他說着又走上去用手捏蕭延子的臉。

蕭延子一把打開他手：「你幹嗎捏我！」

「我想看看你的臉皮是不是貼上去的。」曉星說，「你不是說你是外星人嘛，我看你一點也不像。」

蕭延子不屑地說：「哼，無知！你以為外星人就一個模樣？地球人不是也有很多種嗎，就拿膚色來說，就有黑、白、黃、棕。所以，別以為外星人就都是大腦袋綠皮膚，那只是外星人類其中的一種，很多都是像我這樣長得美美的、帥帥的……」

曉星誇張地說：「哇，我總算找到一個比姐姐還要臭美的人了。牛皮吹大了會破的！」

蕭延子很生氣：「哼，還是不相信我！」

小嵐把蕭延子上上下下打量了一陣子，說：「你真是外星人？」

蕭延子氣呼呼地說：「信不信隨你。」

「好，我信你！希望你能幫助破譯外星信號。」小嵐看看周圍環境，又說，「不過，我們現在得想辦法弄開繩子，趁那些人還在跳舞時，趕快逃走！」

「好！我來幫你弄開繩子。」曉星說。

「不，你手上的傷還沒好呢！」小嵐看看蕭延子，說，「不好意思，你來好不好？」

「我？！」蕭延子一臉的不情願。讓自己這樣一個優雅英俊的帥哥，像小狗一樣用嘴去咬繩子，太不雅了！

曉晴說：「帥哥哥，當然是你了。這裏除了曉星就你一個男的，難道你要我們兩個美女做這事嗎？」

蕭延子沒辦法，只好蹭到曉星背後，露出牙齒來咬繩子。

弄了十幾分鐘，累得他滿頭大汗的，終於把繩子弄鬆了。曉星掙了幾下，把繩子掙脱了。

很快，四個人的繩子都弄開了。

「小心點，別讓那些人發現了。」小嵐看看七八米外那些瘋狂地跳着的人，說，「不知道等會那些人會把我們怎樣，我們得趕快逃走。」

曉星說：「我們悄悄地溜出去吧。那些人只顧跳

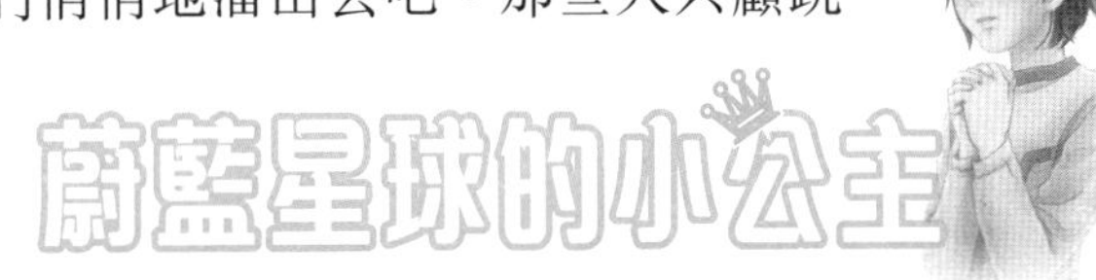

舞，不會發現我們的。」

曉晴瞪了弟弟一眼：「你傻呀！你沒看到那門口有兩個人在看着呢！」

蕭延子四下張望着：「不知道還有沒有其他出口？」

小嵐說：「肯定有！這是下水道，有入口就有出口。我們從另一頭走。」

小嵐帶頭往下水道的縱深方向走去。

裏面好黑啊！大家都想走快點，因為那些人隨時都可能發現他們跑了，但伸手不見五指，又無法走快。一行四人摸索着前進，走得磕磕碰碰的。

走了大概十來分鐘，漸漸見到有點光線，小嵐興奮地說：「走快點，應是有出口了。」

越走光線越強，終於見到在下水道的左側有個出口，大家都高興得歡呼起來。

突然聽到遠遠傳來喧嘩聲：「快追快追！」

曉星吃驚地說：「啊，那班邪教教徒追來了！」

眾人急忙走向出口，咦，出口有道用粗鐵枝做成的鐵門呢！糟了，鐵門上還有一把鐵鎖鎖着。

小嵐走過去，抓着鐵鎖使勁掰了幾下。鎖是鎖死了的，除非有鑰匙，否則只能砸鎖。

曉晴驚慌失措：「糟啦糟啦，他們快追到了！」

小嵐四周張望了一會，在地上撿起了一塊碎了一半的磚，「砰」地朝鐵鎖砸去。畢竟是女孩子，力氣小，那把鎖跳了一跳，卻紋絲不動。

「女孩子走開，這種事情得讓男子漢來！」曉星推開小嵐和曉晴，一腳朝鐵鎖踢去。

「嘩，痛死我了！」曉星呲牙咧嘴地捧着踢痛了的腳。

蕭延子懶洋洋地走過來：「小子，讓開，看真正的男子漢的力量！」

蕭延子撿起小嵐扔下的磚塊，使勁往鐵鎖一砸，「哐噹」一聲，鐵鎖掉落地上。

「噢，小燕子了不起！」曉星歡呼着，拉開門栓。

這時那些教徒已經追近：「抓住他們！」

「快走！」蕭延子一把將曉星推了出去，然後是小嵐、曉晴……

這時以高個子為首的五個大漢已追近，高個子伸手去抓蕭延子。蕭延子剛剛來得及衝出去，又返手把鐵門關上，然後在外面把門拴上了。

「開門開門！」

「臭小子，看你們往哪裏跑！」

「使勁推，把門推開！」

五個大漢在裏面氣急敗壞地嚷嚷着，高個子還用肩膀使勁撞門。曉星朝他們扮了個鬼臉，說：「拜拜了，大叔們，快點回去跳扭屁股舞吧！」

「哈哈哈哈……」

門外四個人大笑着離開了，門內五個人一個個氣得捶胸頓足。

第 14 章　破譯外星信號

就在小嵐他們被困在下水道中的那段時間，烏莎努爾國防部一片緊張氣氛。

隨着一陣紛沓的腳步聲，國防大臣洛威將軍引着萬卡國王和幾位重要大臣，以及宇宙科技署幾位專家，走進了國防部一個守衞森嚴的偌大房間。房間裏面有六十個雷達控制台，近百名技術人員監視着所有飛過天空的物體：衞星、火箭、飛機……

「多部攝像機將這些黑點的圖像傳回地球，現在該物體處於嚴密監視之下。」洛威將軍把萬卡等人領到一張玻璃桌前。光線從下面照上來，將軍看到的是一張透明的大幅膠片，是用遠紅外照相機拍的。可以見到星星閃爍着的夜空裏，有許多黑點，因為圖像顆粒大而且模糊不清，看不清那是什麼。

萊爾首相搔搔頭說：「看上去就像一羣被驚起四散的蜜蜂。」

萬卡皺着眉頭問：「會不會是奇異物質？」

如果這些是奇異物質，那就麻煩大了。它們落到地球後難保不會有其中一兩塊留在地球深層內，那地球也會因此同化成奇異物質，變成橙子般大小了。

「不是。」陸孟很肯定地說，「這明顯跟之前那塊奇異物質不一樣。不管是流星也好，或者是有意發射來的奇異物質也好，都是不會減速加速的。而這一片不明物體，卻在時而加速，時而減速。」

會加速減速的物體，那就只能意味着這個物體是被控制的。萬卡問：「難道是飛船？」

陸孟說：「我覺得很有可能。」

問題很嚴重。這麼一大片飛船，又呈分散狀態，相信會飛到地球上不同地方，也就是說很多國家會受影響。如果它是來向地球人交朋友的，那就是一件大好事；但如果滿載不懷好意的外星人，滿載高科技大殺傷力武器，那麼地球豈不是很危險？！

萬卡正在想着，秘書西門拿着手機走過來，在他耳邊低聲說：「陛下，您的姨婆、丹參國女王找您。」

萬卡接過手機，走到一邊：「姨婆，您好！」

「喂，萬卡啊！我國的衞星拍攝到一片不明飛行物，正向地球飛來。」

「噢，姨婆，我們也發現了。」

「萬卡啊，姨婆有點害怕，不知道會對我國造成什麼樣的影響。如果你有進一步的發現，請馬上告訴我……」

「放心吧，姨婆，我一定會幫您的，放心好了。不過，根據分析，我覺得有可能是來者不善，您要提高警惕，做好準備，提防外星來的侵略者。」

「好，好，姨婆會做好防禦的。萬卡啊，小嵐那小傢伙很久沒給我電話了，你跟她説姨婆想她，讓她有空找我聊天。」

「好的，姨婆，我一定告訴她！」

萬卡又安慰了姨婆幾句，然後收線了。

這時候，手機又響了，萬卡還以為是剛才外婆還有什麼事忘了講，又打來呢，沒想到電話那頭傳來一把緊張急促的男聲：「萬卡國王，我是阿齊齊國王。未來女婿啊，我們的衞星發現了很多不明飛行物，正向地球飛來……」

看過《公主河的秘密》的讀者應該記得，胡陶國國王阿齊齊認了小嵐做乾女兒。而阿齊齊又知道萬卡很喜歡小嵐，所以常常半開玩笑地叫他「未來女婿」。

阿齊齊國王把情況説了一下，基本上跟烏莎努爾發現的一樣。

萬卡説：「我國的衞星也發現了這些不明物體。但目前還沒有更進一步的發現。不過，還請貴國提高警惕。」

阿齊齊國王回道：「好的，謝謝提醒。未來女婿啊，如果你有了新的發現，務請通知我們。」

萬卡說：「好，一定會的。」

萬卡收了線，見到國防部長等人正在看他，想是有些事情要等他作主。

萬卡把手機遞回給西門，正要向國防部長他們走去，電話又響了起來。萬卡皺了皺眉頭，對西門說：「再有人打電話來，就說我在召開重要會議，請他們稍後打來。」

西門說：「是，國王陛下。」

萬卡走了兩步，又回過頭來補充說：「小嵐公主是例外。」

洛威將軍等人見萬卡走來，都安靜地等他作指示。

萬卡說：「國王特別一號令：馬上通知各大軍區司令員，立即進入一級戰備狀態，陸軍馬上集結，空軍待命起飛，海軍戰艦沿海岸戒備⋯⋯」

國王的命令，瞬間傳往烏莎努爾各地。

「國王陛下！」這時西門走了過來，把手機遞給萬卡，「公主殿下找您。」

「喂，小嵐嗎？什麼事？」萬卡問，「啊，找到蕭延子了？他說能破譯外星信號？好，我馬上就來。」

萬卡關上手機，對幾位大臣說：「公主帶了一個人去科技署，說是能破譯外星訊號，我們馬上去看看。」

幾名大臣聽了，都很興奮：「太好了太好了，這下就能知道那些外星人究竟想幹什麼了！」

宇宙科技署跟國防部在同一幢大樓，萬卡和幾個大臣很快就到了。

幾名宇宙學專家正在和蕭延子一問一答：

「你是科學家嗎？你目前在哪裏工作？」

「我不是科學家，我沒工作。」

「啊，不是科學家，又沒工作，你憑什麼說你會破譯外星信號！」

「憑什麼？就憑我是外星人！」

「外星人？！」就像扔進了一顆炮彈，把所有人都炸暈了。吃驚之後，每個人的眼睛都像掃描器一樣，把蕭延子上上下下、左左右右地打量着。

外星人，原來真有外星人！但即使真有外星人，這人也不像啊，膚色也不綠，腦袋也不大……

蕭延子被人這麼盯着，不高興了，他氣惱地一跺腳：「小嵐你看，他們又不相信我了！哼！」

小嵐忙哄他說：「別生氣別生氣，」

曉星拍着蕭延子背：「小燕子乖啊！」

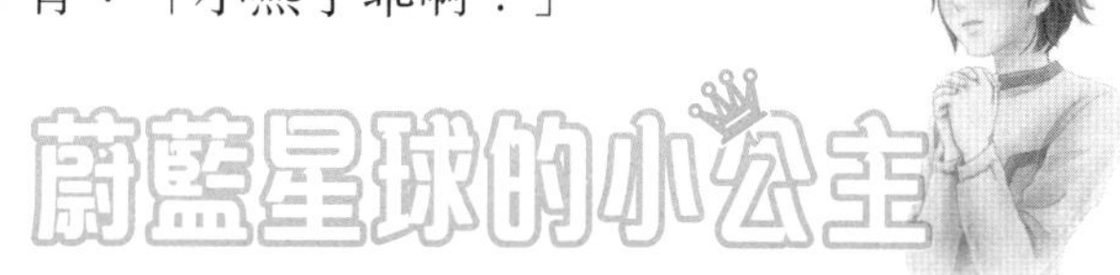

曉晴拿出殺手鐧：「帥哥哥，生氣太多會變醜哦！」

這時萬卡開腔了：「你說你是外星人，那麼請問，你來自哪個星球？」

蕭延子說：「蔚藍星球。」

「蔚藍星球！」在場的人全都瞪大了眼睛。

之前接收到的外星信號，專家就認為很可能是來自蔚藍星。不會那麼巧吧？

萬卡把小嵐拉到一邊，問：「你有沒有把專家說的話，即隕石很可能來自蔚藍星的事，告訴過蕭延子？」

小嵐搖搖頭：「沒有，我沒跟他講過。」

萬卡又問：「你相信蕭延子是外星人嗎？」

小嵐看了蕭延子一眼，說：「我相信。」

萬卡聽了，點了點頭，說：「好，那就讓他試試吧！」

陸孟親自過來，播放收到的外星信號。

蕭延子全神貫注地盯着屏幕上不斷閃爍的線條，還有那一下下的噪音。他聽得很仔細，還要求陸孟把信號回放了一次又一次。

趁着蕭延子在破譯信號時，小嵐問萬卡：「萬卡哥哥，人造衛星拍到的異常物體，究竟是什麼東西？」

萬卡說：「照片很模糊，只看到一大片黑點。有可能是飛船。」

「啊，飛船？還一大片！」小嵐大吃一驚。

這時蕭延子已翻譯完畢，他點點頭，站了起來，說：「這些信號代表的意思是：地球的人們，好好地過完餘下的日子吧，我們來了！」

大家聽了，都臉色大變。

什麼意思？餘下的日子？那不就是說地球人的末日快到了嗎？

分明是死亡恐嚇啊！

外星信號真是這個意思嗎？

人們不想接受這個可怕的事實，他們的思路繞來繞去又繞回原點，大家的眼睛又去掃描蕭延子了。他不是胡言亂語吧？他真是外星人嗎？他的皮膚不綠啊！……

蕭延子太生氣了，歸根究底，還是不信我！哼！

他一跺腳，跑了。

「蕭延子！」

「帥哥哥！」

「小燕子！」

小嵐和曉晴曉星一邊喊一邊追了出去。

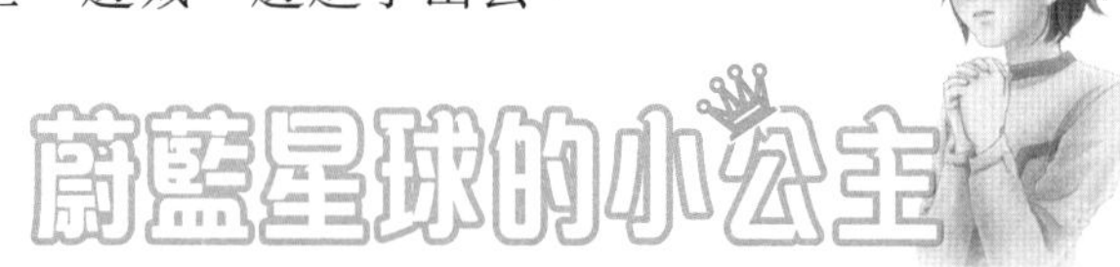

第 15 章　朱承御女王

蕭延子跑到附近一個小公園停了下來，坐在草地上生悶氣。小嵐三個人追來了，氣喘喘地坐到蕭延子對面。

小嵐推了他一下，說：「哎，別生氣啦！我信你就是。」

曉晴曉星也異口同聲地說：「我們也信你。」

蕭延子看了看小嵐，又看了看曉晴，忽然眼睛一紅，流下了眼淚。

「哦哦哦，別哭別哭！」小嵐幾個人嚇壞了，男子漢大丈夫，哭鼻子多難看啊！於是一個摸頭，一個拍肩膀，一個拍後背，像哄小孩一樣安慰着蕭延子。

蕭延子好不容易止住眼淚。

小嵐說：「蕭延子，我一直想問你，你生活的是一個什麼樣的星球？你怎麼跑到地球來了？你家裏人不擔心你嗎？」

蕭延子說：「好，我現在就告訴你們。」

蕭延子含着眼淚說起了他生活的星球。

蔚藍星球是一個美麗的小星球，星球面積只有兩千多萬平方公里，那裏的環境跟地球很相似，有白天黑夜的更替，大地上有動植物，有河流。那裏一年四季都溫暖如春，一年到頭都是麗日藍天。

蔚藍星球人的起源時間大約在六百萬年前，那時候大地上出現了一種大型的古猿，這種古猿勉強可以用雙腳着地行走，而雙手作為輔助，這就是蔚藍星球原始人類的起源。古猿能使用天然的工具，但不能制造工具。

一直到了二百萬年前，古猿的智慧進化到了能製造簡單的工具，再經過幾十萬年的演進，進化成完全用腳行走的直立人。直立人會打製不同用途的石器，並學會了用大自然造成的火來煮食，完成了人類進化最關鍵的一個階段。直立人後來又進化到了智慧人，智慧人漸漸學會了人工取火，會製造精細的石器和骨器，這就是蔚藍星現代人類的祖先。

小嵐聽到這裏，不禁十分吃驚：「蔚藍星人類的起源和發展，跟地球人類太相似了。真沒想到，地球以外竟然有一個蔚藍星球在同步進化發展。」

「是呀是呀！」曉晴和曉星表示有同感。

蕭延子點點頭，說：「這點我也是來到地球以後才知道的。」

曉星催促着：「繼續說，好好聽啊！」

蕭延子繼續說了起來：「蔚藍星球本來像地球一

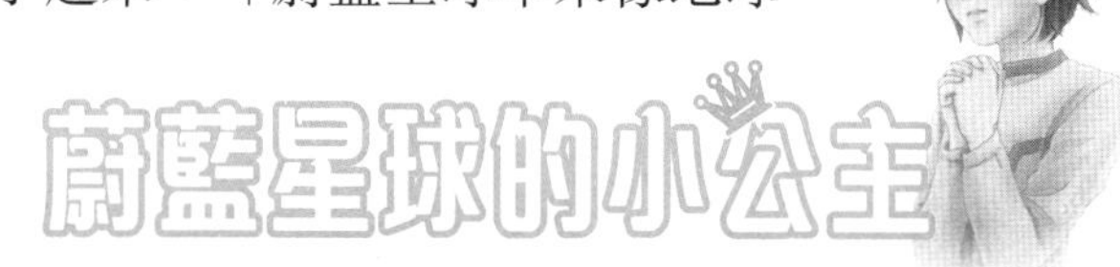

樣，也有很多國家。但可悲的是，這些國家的領主為了爭奪領土，年年月月一直在打仗，令到戰火連天，民不聊生，而因為打仗也死了很多人，蔚藍星球人瀕臨絕種。直到二十多年前，有位叫朱承御的年輕女孩，領導普羅大眾揭竿起義，一路勢如破竹，打敗了蔚藍星球上的所有國家，把那些惡領主趕下台，一統星球，建立了蔚藍星球上唯一的一個大國——蔚藍國，當了女王。承御女王有着驚人的智慧，在她領導下，蔚藍國短短幾年時間便擺脱了貧困落後，國家一年比一年富強，人民的日子一天比一天幸福。科技方面更是迅猛發展，所有國民，不論是黃族、綠族，還是黑族，都過上了富裕的生活。」

「承御女王好厲害啊！」小嵐和曉晴曉星都是一臉崇拜。

「有着蔚藍星球血統或自小在蔚藍星球長大的人，都有着優秀的體質，普遍都有一千年壽命。而且，那裏的人到了二十歲左右時，身體及容貌便不再有變化，所以能永遠年輕，身體也永遠保留着最佳狀態。」

曉晴簡直要瘋了，她驚叫起來：「能活一千歲？還能讓容貌保持在二十歲左右！啊，我也想做蔚藍星人！」

直到二十多年前，有位叫
朱承御的年輕女孩……

別看曉晴還是青春少女，但她已經開始擔心自己會慢慢變老了。

曉星也怪叫起來：「能活一千歲？我也想啊！那我就可以有很多時間了！我用幾百年去玩，幾百年去學習，幾百年去周遊列國，哇！我也想做蔚藍星人！」

只有小嵐能保持冷靜，她提出了一個問題：「既然蔚藍國這樣強大富裕，承御女王又這樣英明偉大，那她為什麼還要來入侵地球呢？」

蕭延子歎了口氣，說：「承御女王英明又善良，如果是她一直在位，那當然不會發生這樣的事。」

小嵐問：「你是說，有人篡奪了王位，現在的蔚藍國國王已經不是原來開國的承御女王？」

蕭延子一臉悲憤，說：「事情發生在十多年前。因為我們國家安居樂業了許多年，所以從承御女王到普通國民，都放鬆了警惕，以為星球上一片祥和，不會有被顛覆的危險。承御女王甚至解散了大部分軍隊，讓百萬軍人退役回家，和親人團聚。沒想到綠族有一個叫黑太狼的人，他野心勃勃，竟想取代承御女王做國王。他偷偷訓練了一支由綠族人組成的軍隊，襲擊了皇宮，把承御女王和她那位著名科學家丈夫，還有兩個孿生子女控制起來。我那時才兩歲，因父母都因病去世了，好心的承御女王把我收養，把我當親生兒子一樣。我眼睜睜地看着黑太狼抓了承御女王一家，又無能力救他們，只好跑出宮外，向叔叔伯伯們報訊。知道承御女王被抓，人們從四面八方湧來，把王宮包圍了。可惜，那時已經刀槍入庫，民眾手裏沒有武器，黑太狼的軍隊對民眾進行血腥鎮壓，死了很多人。黑太狼把承御女王和她的丈夫囚禁在一座冰屋中，自己做了國王，而承御女王原來的大臣全被撤職了，全都換成他的綠族心腹。自此之後，黑太狼的勢力越來越強大，統治手段越來越血腥，再無人有能力去反抗。」

「這黑太狼真壞！」曉星握了握拳頭，咬牙切齒地說，「他害了蔚藍星人不算，現在又想來禍害地球人，太過分了！」

小嵐又問：「你剛才說，黑太狼把承御女王和她丈夫關在了冰屋裏。卻沒提到承御女王的兒女，難道黑太狼把她的兒女殺了嗎？」

「小公主，那是一個多麼可愛的小孩兒啊！她出生那天，天是從來沒有過的藍，陽光是從沒有過的亮，蔚藍星球上所有的花都在一剎那盛開了，五顏六色的蝴蝶在上面紛飛起舞。那一天，整個星球都是香噴噴的……小公主出生幾天就會笑，每當我抱她時，

她都用小手抓我的臉，咯咯地笑着，有時候又伊伊呀呀地好像在說什麼，我想她一定是在叫『哥哥，我喜歡你、我喜歡你』……」蕭延子說着說着淚如泉湧，哽噎着說不出話來，弄得小嵐和曉晴曉星眼圈都紅了。

過了一會兒，蕭延子才恢復過來，他眼裏冒出怒火：「我怕黑太狼對小公主不利，便偷偷地溜進黑太狼住的地方，想找機會救出小公主。沒想到卻聽到了黑太狼在命令兩個綠族人，要他們把剛滿月的小公主抱去扔進大海。我急忙去追那兩個人，但我才兩歲，小胳膊小腿的跑不快，一會兒就不見了那兩個綠族人的身影。嗚嗚嗚，可憐的小公主，她還那麼小……」

「哇，小公主啊！」曉晴大哭起來。

「啊，小公主啊！」曉星也哭起來了。

「嗚，可憐的小公主！」連一向堅強的小嵐都眼淚汪汪。

哭了好一會兒，曉星突然想起什麼，問道：「你怎麼光講了承御女王女兒的命運，怎麼沒提她兒子呢！」

蕭延子搖了搖頭，說：「哦，我不知道他後來怎樣了。」

「嘿，你怎麼可以這樣！小王子和小公主是孿生子，肯定一樣可愛呀，你怎可以只關心小公主，不關心小王子呢！」

蕭延子有點尷尬地說：「因為……因為我有一次抱小王子玩，他拉了便便在我身上……」

小嵐他們鬱悶地看着蕭延子。沒想到這傢伙心胸還挺小呀，竟然記恨一個沒滿月的小嬰兒。不過，這事可能也怪不得他，因為當時他也才兩歲，沒有寬大的胸懷。

蕭延子繼續說：「後來小王子也沒了下落，相信也是凶多吉少了。」

「哇，小王子啊！」曉晴哭了起來。

「啊，小王子啊！」曉星也哭起來了。

「嗚，可憐的小王子！」小嵐又再眼淚汪汪。

蕭延子邊擦眼淚邊說：「黑太狼做了國王後，把蔚藍國人分為三等，綠皮膚的綠族人為高等公民，黑皮膚的黑族人為二等公民，我們黃皮膚的黃族人就成了低等公民，從此，我們黃族人民便陷入了水深火熱之中，財產被沒收，自由被限制，變成了奴隸。」

「唉，黃族人好可憐！」小嵐想了想又問蕭延子，「那你是怎麼離開蔚藍星球，來到地球的？」

蕭延子說：「承御女王被關在冰宮，我想見她一面都不行，就這樣，我又成了孤兒了。幸好大多數的

百姓都保持着善良的本色，每天都有人給我吃的，後來一對老夫婦還把我認作孫子，把我帶回家撫養。就這樣我一天天長大了，當我十八歲成年那一天，我告別了爺爺奶奶，偷了黑太狼一隻小型飛船，逃離了蔚藍星球。我打算到別的星球去搬救兵，打敗黑太狼，救出承御女王。説來也巧，我第一站就來了地球，見到地球有人類，還很繁榮，好高興啊，心想這回可以搬到救兵，去救承御女王了。可是，當我深入了解地球現狀時，又失望了，原來地球的科技還很落後，製造一架航天飛機要三十億美元，還要用四年時間造成，每造一艘都要令國庫空虛。更要命的是，這樣昂貴的航天飛機只能載七個人，天啦，那要多少架航天飛機才能運去足夠的軍隊，打敗黑太狼啊！唉，我是徹底的死心了。飛船降落時壞了，地球沒地方修理，我回不去蔚藍星球了，只好留下來，做一天和尚撞一天鐘。」

蕭延子抱着頭，一臉的痛苦。

「別難過，辦法會有的。」小嵐安慰着蕭延子。

曉星説：「啊，這隻黑太狼好壞啊！霸佔了蔚藍國還不滿足，還想霸佔地球。要是讓他來了地球，那我們地球人就慘了。」

「據我收到的消息，黑太狼利用女王留下的高科技，建造了五十艘飛船，每艘都大得驚人，上面裝有大殺傷力武器，他目的就是地大物博的地球。黑太狼早就不甘心只控制着蔚藍星球了，他想做宇宙的霸主。」

「五十艘飛船？」小嵐突然想起了剛才萬卡說的那張照片，那一片黑色點點。

難道這些黑點就是那五十艘飛船？

小嵐為自己的念頭大吃一驚。

不行，得趕快告訴萬卡哥哥！

第 16 章　黑太狼來了

國防部的會議室裏，萬卡在和幾位大臣在開會。大臣們在爭論着：

「公主帶來的那個人，真能相信嗎？如果他是胡編的，那外星信號是表示友好，那豈不是弄巧反拙？」

「外星人連奇異物質都發射來了，還會是友好嗎？」

「對，依我看，就準備打仗好了！」

大家說到這裏，眼睛都看向萬卡國王。

萬卡輕輕清了清嗓子，說：「我們不能再等了。再等，我們已經存在四十五億年的地球，幾百萬年的人類，都可能灰飛煙滅了。我相信那個蕭延子，因為他是公主帶來的，公主相信他。」

大臣們聽了，都不再爭論了。萬卡吩咐科技大臣：「馬上把外星信號的內容通知香港科技局王可恩博士，還有，也知會各國領袖……」

這時有人敲門，西門進來了。他拿着手機，對萬卡說：「國王陛下，公主的電話。」

「好。」萬卡拿過電話，接聽，「小嵐，有事嗎？」

萬卡聽着聽着，臉色嚴峻起來。過了一會兒，他收了線，對大臣們說：「小嵐說，蔚藍星球擁有五十艘巨型飛船，那一片黑點，極有可能就是這些飛船。」

大家聽了都臉色一凜，出動五十艘高科技飛船，蔚藍星球的用意已經昭然若揭了。

萬卡對大家說：「根據最近發生的一系列事件，可以基本上確定，外星敵人要入侵地球。怎樣對付那些飛船？各位都來說說。」

國防部長說：「宇宙科技署一直在研究將一些危險的小行星轉移，能不能利用這個辦法，將小行星中的一個較大行星，扔向那些飛船？」

陸孟搖搖頭：「將危險小行星轉移的研究仍在初級階段，用行星去毀滅飛船的事，暫時我們還做不到。」

萬卡一掌擊落桌面，說：「好，我們就準備作戰，等飛船進入大氣層，我們的空軍就起飛，用導彈去消滅它們。下面是接下來各有關部門要做的事。第一，命令空軍特戰隊進入一級戒備；第二，準備一架載有警報和控制系統的飛機，在機場隨時待命，前去偵察飛速靠近的飛船；第三，向全國人民發出疏散令，所有大城市的居民，儘快疏散到鄉村和山區；第四，知會各國首腦，外星襲地球；第五，各有關航天監察部門，繼續監視那些飛船。各位布置好工作後，迅速回中央會議室，從現在起，中央會議室也是反擊外星人的指揮部。」

「遵令！」

「遵令！」

「遵令！」

與會人員迅速離開，各自執行命令去了。

萬卡帶着萊爾首相和秘書西門到了中央會議室。他打開了牆上那個巨大的電視屏幕，輸入密碼，接通了空軍基地地面監察中心的頻道。

空軍基地的停機坪上，一架軍用飛機在跑道掉頭，到了一個適當的位置停下待命。想是洛威將軍已下達命令，載有警報和控制系統的飛機已準備隨時起飛。

萬卡想了想，對西門說：「通知公主，請她馬上帶蕭延子來這裏。」

「是，國王陛下！」西門拿起手機馬上撥電話。

「國王陛下，公主說他們正準備來這裏，已經在樓下了。」

「好。」萬卡點點頭。

「萬卡哥哥！」外面很快響起了曉星的叫聲。

西門跑去開門，只見門外站着小嵐和曉晴曉星，還有蕭延子。

小嵐説：「萬卡哥哥，我正準備來這裏找你呢！你找蕭延子有事嗎？先辦了你的事，我再跟你説些情況。」

萬卡説：「是這樣的，我們準備等會兒派出偵察機，去跟外星人的飛船作近距離接觸，並發出警告。我想這裏能説蔚藍星球語言的，就只有蕭先生了。所以想請你幫忙，把喊話內容用蔚藍星球語錄下來，讓偵察機帶去。」

「啊，國王陛下，你們現在又相信我了嗎？」蕭延子想起剛才人們對他的懷疑，心裏有點不爽。

萬卡不好意思地説：「對不起，蕭先生。不過，我從來沒有懷疑過你。小嵐説信你，所以我也信。」

小嵐微笑着朝蕭延子點點頭。

蕭延子滿意地説：「好，就衝着小嵐公主對我的信任，我也要大力幫忙。」

萬卡拿出已經寫好的喊話內容交給蕭延子，又吩咐西門帶着蕭延子去樓下的錄音室錄音。

萬卡問小嵐：「小嵐，你剛才説要跟我説些什麼？」

小嵐説：「萬卡哥哥，蕭延子剛才說了蔚藍星球的情況，原來現在的星球統治者叫黑太狼，這黑太狼是奪了原來承御女王的王位，做了國王的……」

小嵐把蔚藍星球的情況告訴了萬卡。

萬卡英俊的臉上浮現了濃濃的焦慮，兩眉間緊緊地皺了起來，他低頭看着小嵐，輕輕地用手撥開她額前的一縷頭髮：「看來，情況有點嚴峻。蔚藍星球科技比我們先進許多，如果它仍在善良的承御女王統治下，那是好事，但現在掌握在野心極大的黑太狼手裏，這就麻煩了。高科技被壞人掌握，地球有大災難了。」

小嵐眼中的萬卡哥哥，泰山壓頂不彎腰，面對千難萬難都從不皺眉頭。可是，他現在也感到憂慮了。

小嵐很明白萬卡的心情，他的壓力太大了，因為他是國王，他要保護人民的生命財產。但是，面對這樣強大的敵人，他並沒有必勝的把握。萬一敗給敵人，而且是一個兇殘的敵人，他的臣民怎麼辦？

小嵐恨不得用手去抹平他緊鎖的雙眉，揮走他眼裏的焦慮。

「萬卡哥哥，別擔心，勝利最終屬於正義。我會陪着你走過這場災難，無數的朋友和人民會陪着你戰勝困難。」她安慰着。

「嗯，謝謝你。」萬卡臉上露出了笑容。

其實這時萬卡心中還有一層憂慮。作為國王，他決心與國家共存亡，不惜用鮮血和生命去保衞國家保護人民。但是，如果他不在了，小嵐怎麼辦？這是他準備用一生來保護的女孩啊！

這時，西門帶着蕭延子回來了，西門説：「國王陛下，按照您的吩咐，我已經把蕭先生的錄音傳給了空軍基地。」

「好。」萬卡又對蕭延子説，「辛苦了，蕭先生。」

蕭延子擺擺手：「小事一件。」

洛威將軍等幾名大臣陸續回來了。洛威將軍戴上耳機，隨時接聽來自各方面的消息。

一會兒，洛威將軍一臉緊張地説：「國王陛下，收到國防部和宇宙科技署的報告，那些外星不明物體已越來越接近，並明顯地分散飛向地球的四面八方。其中一個正向我國飛來，據觀測，不明物體為碟狀飛船，巨大無比，單個估計半徑達二十四公里。」

「半徑二十四公里！」屋子裏的人都大吃一驚。

本來還對外星人到來顯得有點興奮的曉星，嘴巴張得大大的：「半徑二十四公里的碟狀飛船，好嚇人啊！當它飛過城市上空時，會不會整個城市都被它遮

蓋了？」

蕭延子說：「早就聽說黑太狼用十年時間，造了五十艘巨型飛船，沒想到竟是這樣巨大！」

萬卡看了看蕭延子，問：「蕭先生，我想了解一下，蔚藍星球的武器，殺傷力可以達到哪種程度？」

蕭延子說：「我們承御女王在位時，大力發展新科技，並使用在國內基本建設上，令我們經濟一日千里。但黑太狼上台後，將這些新科技全部用於發展新型武器。可以說，這些武器比原子彈的危害更大。據說其中一種氫鈾彈，殺傷力半徑達到八百公里。不管投向任何一個城市，那個城市都會灰飛煙滅。」

啊！這麼厲害？！ 大家互相交流着焦慮的目光。

曉星說：「我不想見到那些外星人了！一點都不好玩，他們太恐怖了，太變態了！」

曉晴跑到小嵐身邊，一把抓住她的手，好像抓住了一根救命稻草：「小嵐，我好怕，萬一那些變態外星人扔個氫鈾彈下來，那怎麼辦？」

小嵐拍拍她的背，安慰說：「別害怕。事情不會那麼糟糕的。」

時間在過去，突然，曉星指着窗外：「快看，飛船！」

大家朝敞開的窗口望向天空，目光可見的天邊之處，一個碟型飛船正在慢慢移近，原來黑色的外殼，現在被一層薄紗般的綠幽幽的光包圍着。

萬卡問：「我們的偵察機能到達現在飛船的高度嗎？」

洛威將軍説：「能。我們這款偵察機飛行高度能到三萬米。」

萬卡對洛威將軍説：「命令空軍基地，偵察機馬上起飛。」

「是，國王陛下！」

洛威將軍向空軍總司令下達起飛命令之後，對萬卡國王説：「飛機很快會到達接觸點。另外，我安排了三架小型直升機，遠遠地跟在後面，拍攝偵察機情況。」

「好。」萬卡讚許地點點頭。

辦公室內所有人的目光都盯着電視屏幕。

偵察機起飛了，向着飛船飛去。隔了好一會兒，三架小型直升機也慢慢飛起，遠遠地跟在偵察機後面。

從小型直升機上發回的畫面，可以見到偵察機在向飛船接近，偵察機打開了擴音器，把錄好的喊話送去飛船。

一開始是地球語言，大家都清楚地聽到：「前面

飛船的客人請注意，這是我烏莎努爾的領空，任何外國的飛船不得擅自闖入。請你們馬上降落接受檢查，否則我們會採取行動。」

緊接着是蕭延子用蔚藍星語言把剛才的內容複述了一遍。喊話放了一遍又一遍，飛船不再前進了，靜靜地停在半空。

這情形令所有人心裏都升起了希望：難道這些外星人並無惡意？或者並不是想像中的那樣兇惡？

突然，飛船上出現了一個個方形小窗口，每個小窗口都發出了眩目的綠色光芒。緊接着，其中一個窗口射出了一束紅光，射向那架偵察機。偵察機瞬間爆炸，「轟」的一聲變成一堆碎塊，彷彿機體不是用鋁合金和高強度鋼等材料造成的，而是泥巴捏成的模型。

毀滅得太徹底了，中央會議室裏的人全都目瞪口呆。

飛船又開始前進，漸漸佔據了整個電視畫面。而從窗口看出去，那發着綠光的飛船，已經越來越近……

飛船傳出了很響亮的說話聲，那聲音帶着金屬聲，方圓幾百公里都能聽見。

小嵐看向蕭延子：「他在說什麼？」

「是黑太狼的聲音！這艘是指揮船。」蕭延子咬牙切齒地說，「他說，『我是宇宙之王黑太狼。地球人，你們聽着，你們必須馬上無條件投降，並發誓世世代代做我的奴隸。否則，我就要你們灰飛煙滅，連渣也不會剩下來。』」

「無恥狂徒，休想！」萬卡牙齒咬得格格響，一拳砸在桌子上。

第 17 章　空軍特戰隊

國王萬卡對洛威將軍說：「命令空軍特戰隊，起飛作戰！」

「是！」洛威將軍一挺身子，對着無線電收發器下達起飛命令。

空軍基地上，飛機一架接一架的起飛了。

無線電收發器裏不斷傳出聲音：

「一號戰鬥機起飛！」

「二號戰鬥機起飛！」

「三號戰鬥機起飛！」

……

洛威將軍對萬卡說：「飛機五分鐘內就到達目的地。」

中央會議室裏，人們緊張地看着電視屏幕，那裏有空軍特種部隊慢慢向飛船接近的情形。專門負責拍攝的飛機正忠實地傳送着空中的情況。

人們都寄希望於空軍特戰隊，只要炸毀了這艘指揮船，那其他飛船就會因為沒人指揮而戰鬥力大減，那時再發起地球反擊戰，讓小綠人有來無回。

無線電收發器傳出聲音：「報告將軍，我是空軍特種部隊的隊長羅新，進攻目標已鎖定。」

洛威將軍説：「我是國防大臣洛威將軍，我謹代表萬卡國王陛下，代表全國人民，向我們的空中勇士致敬。預祝勇士們成功擊敗外星人，祖國等着你們勝利回來。現在，我命令，開火！」

「羅新收到。謝謝國王陛下，謝謝將軍，我們將於二十秒後開火。」

辦公室裏的人在默默數着數：「一、二、三、四……十九……」

接收機裏傳出了羅新的聲音：「開火！」

通過電視屏幕，看見一發又一發導彈脱離飛機，發射出去，目標——外星指揮船。

「好啊，看你們這些小綠人還敢耍威風！」曉星興奮地拍着手。

空軍特種部隊攜帶的導彈彈頭威力很大，一個可以毀滅一艘航空母艦，現在一百多架飛機一齊向外星飛船發射導彈，小綠人不死才怪呢！

曉星話音未落，卻聽到所有人不約而同「啊」了一聲，因為，那一百發導彈，竟然全都在離目標大約四百米遠的地方，自行爆炸了。

煙霧消散過後，人們清楚地看到，外星人的飛船沒有受到一點損害。

這時聽到羅新的聲音：「洛威將軍，我是羅新，目標已經射落了我們的導彈。目標無損。我們請求批准使用更大威力的導彈，再次靠近發射。」

洛威將軍回答：「收到收到，同意使用更大威力武器。注意安全！」

羅新回答：「是，將軍！」

馬上，一顆又一顆導彈再次向目標射出，可是，在離飛船四百米處，導彈又都毫無例外地自行爆炸了。

人們盯着畫面，瞠目結舌。萬卡首先看出了問題：「不好，這飛船有防護裝置。」

羅新的聲音在收發器傳出：「不好了，那層薄薄的綠光是他們的防護裝置！我們的武器無法發揮作用，特種部隊要求回航！」

洛威將軍急切地回答：「同意回航，儘快回航！」

可是，來不及了！就在這時候，一束束紅光從飛船的綠色窗口射出，射向特種部隊的戰鬥機羣。被擊中的戰鬥機就像之前的那架偵察機一樣，瞬間變成碎塊。

眼看着一架又一架飛機被紅光毀滅，萬卡的牙齒咬得格格響，身旁的大臣也都臉色鐵青。

小嵐忍不住流淚了。空軍特種部隊的飛行員，全都是久經訓練的年輕人，前幾個月，她還陪着萬卡去探望過他們呢！在她腦海中，還記得那些充滿朝氣的年青面孔。

多好的大哥哥啊，就這樣犧牲了，粉身碎骨，什麼也沒有留下來。

她好想大哭。

旁邊的曉晴曉星早已哭得一塌糊塗了。

洛威將軍焦急地呼喚着：「羅新羅新，情況怎樣，趕快回答，趕快回答！」

沒有人回答。收發器裏只傳來一陣陣飛機呼嘯聲，還有爆炸聲……

忽然，「嘩」的一下，屏幕畫面沒有了，剩下一片白色的雪花。想是負責拍攝的飛機也已經被打中。

辦公室裏死一般寂靜。連曉晴曉星都不再哭泣，只是震驚地看着那白濛濛的電視屏幕。

突然，收發器傳來羅新氣喘吁吁的聲音：「洛威將軍，我是羅新，我是羅新！」

人們又一下子有了希望，所有人都把目光盯向那個收發器。

「羅新，請報告情況！」洛威將軍急忙問。

羅新喘着粗氣：「報告將軍，大約有三十多架飛機脫離險境，目前正返回基地途中。」

幸好不是全軍覆沒。

「走，我們去空軍基地了解情況。」萬卡説着，領頭往外走。

「國王陛下請留步！」萊爾首相喊了一聲。

「什麼事？」萬卡皺了皺眉頭，他一點都不想耽擱，心早飛到空軍基地了。

萊爾和幾位大臣交換了一下目光，然後鄭重地向萬卡説：「國王陛下，請您馬上進入地下安全所。」

「什麼？！」萬卡嚴厲地反問。

地下安全所，是很多國家都有建造的，具有防震、防水、防爆、防幅射等功能。在遇到不可逆轉的重大危險時，為保存有生力量，國家最高領導人會進入安全所避難。這種安全所烏莎努爾也有一個。

「國王陛下，請您馬上進入地下安全所。」萊爾首和另外幾位大臣異口同聲地説。

萬卡厲聲説：「在國家和人民生死存亡的時候，自己像縮頭烏龜一樣躲起來，你們覺得，人民需要這樣的國王嗎？」

萊爾首相和大臣們面面相覷。

洛威將軍眼裏滿是敬佩。作為一名曾在戰場上出生入死、流血流汗的軍人，他最佩服敢於承擔的人。

萬卡轉身走出了中央會議室，小嵐緊緊跟在他後面。她覺得萬卡哥哥做得對，萬卡在她心目中又高大了幾分。

一行人分別坐了幾輛軍用吉普車，朝空軍基地飛馳而去。沿途見到不少臉帶恐懼的民眾，他們站在路邊，對着慢慢飛近的飛船在指指點點。

萬卡見了，叫司機停車。他推開車門下車，對那些民眾大聲說：「各位市民，你們怎麼不遵從政府命令，去鄉下暫避？」

「啊，是國王！是國王！」人們呼的一下圍了上來。

有個年輕人喊道：「國王陛下，那您怎麼不走呢？我國有安全所，可以避過危險的。」

萬卡說：「我不能走。作為國王，我有責任保護人民，有責任領導軍隊反擊入侵者。」

一個白髮蒼蒼的老伯伯說：「國王不走，我們也不走。我們要和國王同生共死，保衛祖國！」

「和國王同生共死，保衛祖國！」人們同聲呼喊。

萬卡感動極了。他覺得，自己不去安全所，是做對了。他也不再勸市民去鄉下，因為他已暗暗下了決心，決不能讓外星人傷害烏莎努爾人民，那怕是要自

己付出生命！

幾個大學生模樣的年輕人擠到前面，對萬卡說：「國王陛下，我們雖然不是軍人，但我們也想出點力。請問我們可以幫忙做些什麼？」

國王說：「謝謝你們，你們都真是好樣兒的！這樣吧，你們就成立青年義工隊，協助警察維護城市治安，保護老人和小孩，防止有人趁亂擾亂秩序。」

「好的，我們馬上用電話通知同學和朋友，按國王說的去做。」年輕人說。

國王又大聲說：「各位保重，請你們相信，烏莎努爾是不會滅亡的，地球是不會滅亡的！」

「烏莎努爾萬歲，地球萬歲！」人們高呼着。

吉普車繼續向基地開去。走不多遠，見到有幾十個人在路邊扭來扭去地跳舞，嘴裏還喊着：「恭請天神駕臨地球！恭請天神駕臨地球！……」

曉星指着那堆人，說：「咦，那不是『百厭教』的人嗎？他們怎麼跑到這裏跳扭屁股舞了！」

曉晴說：「這些人真可惡，竟然迎接那些害人的小綠人！快叫萬卡哥哥派人來趕走他們！」

小嵐說：「不用了，這些人很快就要成為過街老鼠，人人喊打了。」

果然，見到大批市民走向那羣百厭教信徒，指責他們，有的人還朝他們擲雞蛋和菜葉子。

「活該，話該！」曉星高興得拍起手來。

正在這時，感覺到頭上一片黑影籠罩，大家往車窗外一看，都驚駭莫名——原來那飛船已經飛到城市上空，就像一隻巨大的黑鑊扣在頭上，令人有喘不過氣來的感覺。

啊！
啊！
啊！

第 18 章　不講道理的小嵐

吉普車直接駛進基地，在控制中心門口停了下來。萬卡領先跳下了車。

早已等在門口的空軍司令跑過來，他首先向萬卡敬了個軍禮。萬卡問：「特戰隊情況怎樣？」

空軍司令說：「特戰隊有三十二架飛機返回。機組人員全部帶傷，傷勢都較為嚴重，其中二十一人危殆。現除了羅新不肯離開以外，其他人已全部送往各大醫院搶救。」

萬卡說：「羅新現在在哪裏？」

空軍司令說：「他頭上和左手都受了傷，他堅持不去醫院，現正在監控中心，匯報有關情況。」

「好。帶我去見羅新。」萬卡說。

「好的，請跟我來。」空軍司令帶着萬卡和眾大臣，還有小嵐四人，走進了監控中心。

一班工作人員正坐在屏幕前，監控着空中情況，每個熒光幕上都是那個巨型飛船。

見到國王一行人進來，工作人員都站起來致意。萬卡揮揮手，讓他們坐下繼續工作。

羅新正站在一個最大的熒光幕前，跟幾名空軍高

層說着什麼。見到萬卡走過來，羅新和那幾名高層都不約而同立正敬禮：「國王陛下！」

萬卡還了個軍禮，他看着羅新包着繃帶的頭和手，問道：「傷勢怎樣，怎麼不去醫院治療？」

羅新說：「報告國王陛下，我傷勢不重，能堅持！」

「好漢子！坐下，坐下。」萬卡輕輕按着羅新肩頭，讓他坐下，然後自己坐到羅新旁邊，「給我講講剛才那場空戰的情況。」

「是！」羅新詳細地講述了戰鬥經過，「……最難辦的是飛船的防護罩，不管用什麼武器，都無法穿過。」

羅新搖頭歎息。其他人透過窗口，看着天上那巨大的飛船，都沉默不語。

「哈哈哈哈……」從半空中傳來了一陣狂妄的笑聲，「地球人，別再妄想來打擊我們了。你們沒辦法對付我的！這全靠天才的承御女王，她創造了無與倫比的高端科技，現在我做國王了，所以承御女王的高科技也屬於我了。你們想破壞我的飛船，想都別想！現在，我們的五十艘飛船已經高懸在五十個國家首都的上空，你們最好乖乖地投降，不然，我就一個接一個的，讓這五十個國家首都灰飛煙滅，讓地球人羣龍無首。再不服，我就繼續打擊下一批五十個國家的大城市，直到地球全部毀滅為止。兩分鐘之後，就會有第一個國家倒楣，倒計時開始了，你們好好等着，看看誰是第一個倒楣蛋！」

天空突然出現了一幅巨型屏幕，上面是一個電子倒數計時器。時間開始倒數：「一百一十九秒、一百一十八秒、一百一十七秒……」

蕭延子把黑太狼的話翻譯出來後，萬卡臉色冷峻，目光死死地盯着那個屏幕，他腦海裏轉過一個又一個解決困境的念頭，但又一次又一次地否決着。沒想到面對外星侵略者，人類是這樣的束手無策，他感到深深的無奈。

這時，有人輕輕地抓住了他的手，他轉頭一看，是小嵐。萬卡不禁把小嵐的手握得緊緊的，心裏湧上一股暖流，他明白小嵐的意思，她要和自己共同面對這生死存亡的時刻。

手機響了起來，萬卡拿出一看，是姨婆打來的，他趕緊接聽。

「萬卡，我向你告別來了，飛船就在頭頂，計時器在一秒一秒地倒退，我不知道厄運會不會降臨我的國家。姨婆只想跟你說一句話，孩子，我愛你！」姨婆的聲音滿是悲傷和無奈。

「姨婆，我也愛您！姨婆，別放棄……」萬卡幾乎是喊着說。

萬卡的聲音被一陣爆炸聲淹沒了，伴着地面人們的驚叫聲，屏幕上，一個高樓林立的城市瞬間被毀滅，只留下斷壁殘牆，還有漫天的煙塵。

萬卡此刻心裏充滿憤怒：地球人類文明，難道真要毀滅在這外星狂徒手裏？！

「哈哈哈，海斯國的首都，已經在剛才的爆炸聲中完蛋了！它就是你們所有國家、所有人的下場！」黑太狼狂笑着。

一陣陣咒罵聲、哭泣聲從遠處傳來，想是民眾都看到了空中屏幕裏海斯國首都的慘況。雖然他們聽不懂黑太狼的話，但也知道發生了什麼事。

「國王陛下，洛威將軍，你們都在，太好了。」陸孟手裏提着一把形狀很像槍，但又比槍大很多的東西，從外面匆匆走來，「這是MS超能激光槍，是我們科技署剛研究出來的，這是唯一造好的一把，經測試，效果很不錯。這把激光槍的射線能劃破現時地球上最堅固的有形或無形的物體。我想可以試試，看能不能破壞外星飛船的防護罩。如果能做到這點，就可以用導彈去炸飛船了。」

「真的？！」萬卡騰地站起。

陸孟說：「是的。但這種激光槍不可以太遠距離發射，只對距離五十米以內的目標有效。」

空軍司令很為難地說：「按飛船上武器快、準、狠的殺傷力，我們的飛機根本不可能去到離防護罩五十米這樣近的距離。可以肯定，飛機未到達合適位置就會被擊中。除非……」

萬卡問：「除非什麼？」

空軍司令說：「除非是特種部隊裏飛行技巧極高超的特級飛行員，才有一絲可能躲過攻擊接近飛船。但可惜，僅有的四名特級飛行員在剛才的戰鬥中三名重傷。還有一名就是羅新，但以他現時傷勢，已不宜駕駛飛機了。」

陸孟說：「那怎麼辦？去哪裏找特級飛行員？」

萬卡笑笑說：「不用找，我就是特級飛行員。」

萬卡未回復王室繼承人身分時，曾經是皇家衞隊隊長，同時也是一名軍人，海陸空軍都呆過，而且在每一個兵種都取得優異成績。在空軍時，就曾以第一名的成績，考取特級飛行員證書。

「不行不行！」在場的人都異口同聲地說。

在場好幾個人，洛威將軍、空軍司令、萊爾將軍，其實早知道萬卡是特級飛行員，但他們又怎會讓國王去冒這個險。所以一聽萬卡的話，就馬上反對。

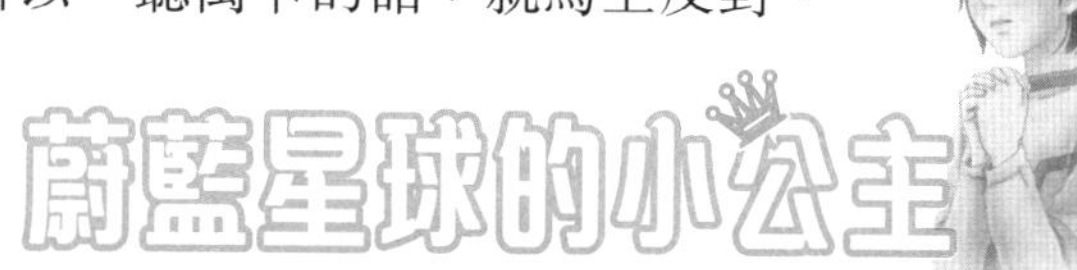

萬卡堅決地說：「就這樣定了。趕緊給我準備飛機，飛行服。」

「不行，國王，不行啊！」萊爾首相和一眾大臣都嚇得臉色發白，又再一迭聲阻止。

萊爾首相激動地說：「國王陛下，您不為自己着想，也要為烏莎努爾人民着想。烏莎努爾不能沒有您啊！」

「是呀是呀！國王，您不能去冒這個險！」大家都異口同聲地說。

「萬卡哥哥，我不會放你走的！」曉晴和曉星一人抓着萬卡一邊的衣服下襬，死也不放手。

連蕭延子也說：「國王先生，這一去九死一生啊，你怎可以冒這樣的險？你又沒有兒子，要是你有個三長兩短，誰來繼承王位？」

小嵐站在旁邊沒吱聲，只是臉上滿是憂慮，滿是不捨，不用說，她很不想萬卡去冒險。

「感謝大家的關愛。我也知道，作為一國之王，要三思而後行，不可以不顧一切地去冒險。但是，大家想想，現在只有一把超能激光槍，萬一被毀就連最後的辦法都沒有了。作為特級飛行員，我駕駛飛機的靈活程度是比一般飛行員優勝許多的，也就是說，能避過飛船的射擊接近目標，機會也大許多。」萬卡說到這裏，把目光定在小嵐臉上，頓了頓，才接着說，「現在情況嚴峻，黑太狼這個瘋子，也不知道他接着要毀滅的是哪一個國家。如果沒能制止他，那麼，一就是地球人成為屈辱的奴隸，二就是我們寧死不屈全部壯烈地死去，地球就像六千五百萬年前那場令恐龍滅絕的大浩劫那樣，人類、動物、植物，全部從地球上消失。你們希望這樣嗎？肯定不希望！」

萬卡停了停，又說：「如果我成功的話，就救了全世界，如果不成功，無非就是壯烈地死去。去，有可能生，不去，就肯定是死，是整個地球的滅亡。你們說，我該不該去？」

現場死一般寂靜，連所有基地人員都停下了工作，站了起來，用複雜的目光，看着那個敢於承擔的勇敢的年輕國王。

所有人都明白萬卡說得對，但所有人都不想萬卡去。

「國王陛下，如果您一定要去的話，我跟您一塊去。我做掩護您的僚機，負責掩護您！」羅新一把扯下裹在手臂上的繃帶，說。

「不行，我不讓你們去！」突然，小嵐發出一聲叫喊，她用固執的，不容說服的眼神看着萬卡。

「小嵐，你……」萬卡心裏十分無奈，他沒想到

最激烈反對的會是小嵐。

小嵐緊緊抓着萬卡的手，好像鐵了心不讓他離開一步。

「小嵐，在我心目中，你是最通情達理的女孩，我還以為你會理解我的。」萬卡無奈地看着小嵐。如果她堅決反對，自己真有可能狠不下心

小嵐其實心裏很明白，萬卡是對的，如果她是萬卡，她也會毫不猶豫地作出同樣選擇。

但是，她不能讓萬卡去。此刻的小嵐，不是那一位聰明理智的公主，只是一個有着正常感情、不想失去自己心愛的人的普通小女孩。她怎忍心眼睜睜地看着萬卡哥哥在自己面前灰飛煙滅。

其實，萬卡又怎忍心讓小嵐傷心，但他沒忘記自己的使命。自己是地球上的一個國王，他有責任去保護人類，有責任去保衞人類賴以生存的地球。

「小嵐，放開我，這事不能再耽擱了，很快地球上又有一個城市消失。」萬卡用溫柔但又無比堅定的眼光看着小嵐。

小嵐咬咬嘴唇，說：「好，那我跟你一塊去！」

萬卡大驚：「小嵐，不可以！」

小嵐沒理萬卡，她對空軍司令說：「請給我一套飛行服。」

她邊說，邊脫下身上的外套，準備換上飛行服。

「天哪，等等！」蕭延子突然指着小嵐的脖子，驚叫起來。

第 19 章　蔚藍星公主

蕭延子震驚的樣子，令所有人嚇了一跳，只看見他顫抖着的手，指向小嵐脖子上的那條項鏈，指向項鏈上挂着的像月亮般會發光的白玉戒指。

小嵐本來一直戴着那條項鏈，只是因為天氣有點冷在T袖外面還穿了件外套，把項鏈遮住了。剛才她脫了外套，項鏈就露了出來，讓蕭延子看到了。

蕭延子聲音也是顫抖的，他問：「小嵐公主，你這月亮戒指是從哪裏得來的？」

小嵐用奇怪的眼光看着蕭延子：「我不清楚。我嬰兒時被養父養母在江邊撿到時，這項鏈和戒指就戴在脖子上了。怎麼啦？」

蕭延子身體晃了晃，好像要摔倒一樣，他趕扶住身邊的桌子，又問：「小嵐公主，你今年是不是十七歲？」

小嵐點點頭：「是。」

蕭延子又問：「你這月亮戒指有沒有變成過藍色？」

小嵐還沒回答，曉星在一旁就搶着說：「有啊有啊，我們去開啟所羅門寶藏時，那大門怎也打不開。

後來是這白玉戒指在月亮的光照下變成藍色，發出的光芒才開啟了所羅門寶藏的大門。」

「啊，原來你沒有死！」蕭延子激動地撲向小嵐，把她緊緊擁在懷裏。

在場所有人都嚇了一大跳。這人瘋了，竟敢對公主這樣無禮，而且還當着萬卡國王的面。誰都知道，萬卡最喜歡小嵐公主了。

「喂！喂！誰讓你抱小嵐姐姐的！」曉星氣惱地扯着蕭延子的衣服，要把他和小嵐分開。可惜他力氣小，哪扯得開激動之下的蕭延子。

這時，萬卡黑着臉，走過去，一把將蕭延子扯開了。

誰知激動之下的蕭延子，竟然「撲通」一聲，跪在了小嵐面前，邊哭邊說：「小公主，我的小公主啊！」

在場的人都有點不知所措，這外星人，哪根筋搭錯線了？

小嵐先是錯愕地看着蕭延子，過了一會兒，她扶起蕭延子，說：「蕭大哥，你起來，我們找個地方談談。」

她帶着蕭延子走進了一間小會客室，曉晴曉星也跟着走了進去。萬卡悄悄吩咐空軍司令準備飛機，然

後也進了小會客室，又轉身把門關上了。

小嵐正在問蕭延子：「你怎麼知道我的戒指會變成藍色的？難道你知道這月亮戒指的秘密？難道你知道我的身世秘密？」

蕭延子不住地點頭：「知道，知道，你就是蔚藍星球承御女王的女兒，她那對孿生孩子裏的那位小公主！」

萬卡臉色大變，而曉晴曉星一齊「啊」地驚叫一聲。

小嵐退後幾步，跌坐在椅子上。

萬卡一把抓住蕭延子的衣領，吼道：「你胡說什麼！」

蕭延子淚流滿臉，說：「這事千真萬確，千真萬確！天哪，原來小公主沒有死！天佑好人哪！哈哈哈哈……」

蕭延子又放聲大笑起來。

萬卡說：「你憑什麼說小嵐是蔚藍星公主？」

蕭延子說：「就憑小公主那條項鏈，就憑小公主那張臉！」

蕭延子歇斯底里地又哭又笑：「那條掛着戒指的項鏈是承御女王一直戴在脖子上的，直到小公主出世時，女王才拿下來，戴在小公主的脖子上。聽說這項鏈上的白月亮戒指有特異功能，有女王血統的人才可以啟動，啟動時白月亮會發出藍色的光，變成藍月亮。如果小嵐公主曾經啟動過，就肯定是女王的後代。再加上，我見到小嵐公主第一面時就覺得她很面熟，好像在哪裏見過。我離開女王時才兩歲，但對女王仍然有印象，我現在想起來了，她長得跟女王很像。真的很像！」

小嵐聽完蕭延子的話，一言不發，呆呆地坐着。萬卡坐到她身邊，不知說什麼好。小嵐突然抬起頭，對萬卡說：「萬卡哥哥，蕭延子的話可能是真的。」

萬卡說：「你真的相信那傢伙，相信他並非胡言亂語？」

說實話，萬卡對蕭延子沒什麼好印象，誰叫他剛才竟敢抱小嵐，還抱得那麼緊呢！

小嵐說：「嗯，我覺得，蕭延子很可能不是胡言亂語。你記不記得我曾經跟你講過的，我穿越時空去到明朝，被誤當成明成祖朱棣的女兒的事？明成祖和柳蓉兒的女兒是剛出生不久就失蹤了，失蹤時脖子上就戴着這條掛着月亮戒指的項鏈。所以，我們可以設想，朱承御就是朱棣失蹤的那個女兒。不知什麼原因她被帶到了六百多年後的蔚藍星球，長大後成了承御女王。這就解釋了，為什麼那條項鏈在她身上。」

萬卡說：「那也有可能朱棣女兒的項鏈被人搶了，然後輾轉落到了承御女王手裏。」

「還有一個證據。剛才蕭延子說，承御女王的樣子和我很像。」小嵐說，「靖王妃柳薇兒和柳蓉兒是孿生姐妹，她們的相貌應是一樣的。而我當時見到的靖王妃，除了年紀比我大了十多二十年之外，樣子跟我真的很像。蕭延子說我跟承御女王長得很像，這只有一個可能，就是因為承御女王長得很像柳蓉兒。我想不會有那麼巧，柳蓉兒女兒的項鏈剛好落在樣子跟柳蓉兒長得很像的人手裏，而這個人又剛好也姓朱。」

曉星扳着手指頭：「嗯，讓我推斷推斷。第一，承御女王長得像小嵐姐姐；第二，承御女王留給小公主的項鏈在小嵐姐姐身上；第三，只有女王血統的人可以啟動項鏈上的月亮戒指，而小嵐姐姐就是能啟動月亮戒指的人；第四，我們穿越時空回到小嵐姐姐被遺棄在江邊那天，見到是兩個疑似外星人把小女嬰放在長椅子上的。哇，小嵐姐姐真的很可能是承御女王的小公主呢！」

蕭延子說：「不是可能，而是一定。我相信我的感覺，小嵐一定是小公主，我剛才抱她，感覺就像小時候抱她的感覺一樣。」

小嵐說：「我們別再糾結我是不是小公主了。反正我能啟動這月亮戒指，這是不爭的事實。我有一個想法，這項鏈上的月亮戒指有特異功能，它既然能打開所羅門寶藏的大門，那說不定也有可能可以打開飛船的防護罩……」

「哇！」曉星蹦了起來，「小嵐姐姐你好聰明啊！真的可以試試呢！」

萬卡眼睛一亮，點頭說：「可以試試！」

「那還等什麼，現在月亮已經出來了，馬上去試！」性急的曉星扯着小嵐的手，跑出了監控中心，跑到了外面空曠的大草坪上。

巨大的飛船仍高懸頭上，發出綠幽幽的光，在黑夜裏顯得格外恐怖。

飛船幾乎遮住了整個天空，幸好還有月光從飛船邊上射下來，小嵐拿起月亮戒指，對準天上的月亮。

大家都心情激動地看着月亮戒指，見證奇跡的發生。

「啊，變色了，變色了！」突然，曉星高喊起來。

只見月光射在戒指上，白色月亮發出了眩目的光芒，光芒在旋轉着，旋轉着，慢慢變成了藍色……

藍光越來越強，變成一束光柱，「嗖」地射向飛

船。包圍着飛船的綠光好像在害怕地亂竄，並且開始變淡……

「是誰在破壞我的防護罩？！」突然聽到黑太狼的怒吼聲。

「黑太狼，你也有今日！我告訴你，你的死期到了，我們的小公主沒有死，她回來了！」蕭延子用蔚藍星話喊道。

「啊，小公主沒死？！那兩個該死的奴才，竟然騙我，說小公主已經淹死了！怪不得這兩個死奴才早早就提出退休，原來是畏罪潛逃。氣死我了！」

蕭延子哈哈大笑：「黑太狼，難道你不知道大多數蔚藍國人都熱愛承御女王，一直都懷着對她的感恩之心嗎？難道你不知道綠族人裏也有好人嗎？黑太狼，小公主的藍月亮馬上就要打開你的防護罩，地球的導彈將把你的飛船打得變成破船、爛船！」

「啊，這些不聽話的蠢奴才，竟然給我留下這麼大的後患！」黑太狼有點氣急敗壞，但很快又發出一陣怪笑，「呵呵呵呵，真是人算不如天算，天都在幫我。小公主，如果你不想你父母死，就馬上住手。你好好聽着，你的父母好聰明，為了阻止我殺他們，竟然在牢房的周圍設了一道防護罩，讓我用導彈炸都炸不開，我也無法殺他們。不過，我也不蠢啊，我就在防護罩外布下各種武器，只要他們離開防護罩要逃，武器就會感應到，會自動發射，那你父母就會馬上沒命。小公主，你沒想到吧，你父母自設的防護罩，用的就是我這飛船的材料，所以，當你用藍月亮破壞了我的飛船防護罩時，你父母自己設下的保護網也會同時被破壞，那我布下的重重武器，就會讓他們馬上命喪。哈哈哈，小公主，我就現場直播，讓你看着他們是怎樣被親生女兒害死的吧！」

「你騙人！」小嵐聽了蕭延子翻譯後，吃驚得手一鬆，戒指離開了月亮的照射，藍光倏地一下不見了，又變成了白色月亮。

「我不會騙人的，嘿嘿，小公主，睜大眼睛看看吧！」

「嗖」的一聲，剛才那幅大屏幕又出現在半空，畫面上出現了一座由冰做成的屋子，屋子被一層薄薄的像輕紗一樣的綠光包圍着。

可以明顯看到，這綠光跟包圍着飛船的綠光是一樣的。

鏡頭好像有透視功能一樣，透過綠色的光和白色的雪牆，看到了屋子裏的情景——

屋子裏應該很冷很冷，冷得從屋頂往下垂掛着一根根冰柱，屋子裏什麼家具也沒有，只是地上鋪着一

層乾草。

乾草上坐着一男一女，他們互相依偎着。隔着冰牆和綠光，影影綽綽的可以看到女的穿着一套單薄的白色長裙，男的穿着白襯衣長西褲，兩人看上去都身材瘦削、臉色蒼白。忽然，他們都好像感應到了什麼，攜手站了起來，撲到冰牆前面。這也讓小嵐他們看清了他們的模樣。

「啊！」小嵐不禁捂住了自己的嘴巴。

「啊！」身邊的人都發出了和她一樣的驚呼聲。

太令人吃驚了，承御女王的樣子，果然和蕭延子説的一樣，跟小嵐像極了。

「媽媽，媽媽，真的是媽媽嗎？」小嵐喃喃地説着。她臉色蒼白，好像要倒下來一樣。萬卡趕緊扶住了她。

冰牆裏的承御女王，好像感應到了小嵐的呼喊，她着急地用手摸索着冰牆，朝外張望，嘴裏還在説着什麼。而站在她旁邊的丈夫，就滿臉悲傷地扶着妻子，在安慰着她。

「媽媽，爸爸……」小嵐淚流滿面。

第 20 章　空中激戰

十多年來，小嵐從來不知道自己是誰，爸爸媽媽是什麼人，儘管她生性開朗又有養父母愛她疼她，但心裏還是有一小塊地方總是空的，那裏缺了親生父母的愛。

「哈哈哈，小公主，你就放棄吧，別幫着地球人了，你不想自己親生父母去死吧！如果你能説服地球人投降，我還可以考慮以後放過你的父母，讓你們闔家團圓！」

萬卡怒罵道：「黑太狼，我不許你傷害小嵐！你這個可耻的野心家，萬惡的戰爭罪人，你別癡心妄想了，我們地球人是不會投降的。地球人誓與地球共存亡！」

「好啊，地球人，那你們再次看看我們先進武器的威力吧！」黑太狼手一揮，屏幕出現了另一個國家的首都，「第二號飛船，準備！」

「不要！」小嵐驚叫一聲，她慌亂地拿起了月亮戒指。

「小嵐，不行，伯父伯母會死的！」曉晴伸手阻止。

就在這一剎那，屏幕上響起一陣巨大的爆炸聲，那個高樓林立的城市瞬間被夷為平地。

小嵐用雙手捂住臉，痛哭起來。就因為自己的猶豫，一個城市被毀，一個城市的人死於非命。她好恨自己，好恨自己。

「爸爸，媽媽，請恕女兒的不孝！」小嵐擦擦滿臉的淚水，堅定地拿起戒指，再次對準飛船。

「等等！」蕭延子一把拉住小嵐的手，又指指不遠處的空軍機場，可以見到，萬卡和羅新身穿飛行服，各自登上一架戰鬥機。

原來，剛才小嵐痛哭的時候，萬卡已悄悄地離開了。

「萬卡哥哥！」小嵐驚惶地朝着萬卡喊着。

萬卡好像聽到了，他回身向小嵐揮手。

「萬卡哥哥！萬卡哥哥！」小嵐繼續不安地喊着。

萬卡大聲喊了一句什麼，然後毫不猶豫地關上了飛機的艙門。

聲音隨風送到小嵐耳邊，雖然距離這麼遠她也聽到了，萬卡說的是：「小嵐別哭。等我回來！」小嵐的眼淚刷地流下來了。

蕭延子歎了口氣說：「國王陛下不忍心讓你看着父母慘死，所以決定採取剛才說過的計劃，帶超能激

萬卡哥哥！萬卡哥哥！

光槍去打開飛船的防護罩。國王陛下是真英雄！」

戰鬥機開始滑行，一前一後，很快飛上了天空。

小嵐眼含熱淚，雙手合十，心裏不住地祈禱着：「萬卡哥哥，你一定要好好的，消滅黑太狼，平安歸來，平安歸來……」

夜幕漸漸吞沒了兩架飛機，只能見到飛機外面那盞紅燈在天幕中若隱若現。小嵐一行人馬上回到監控中心，透過大屏幕看着萬卡駕駛的戰鬥機飛向飛船。

綠幽幽的光，像雲霧般在飛船的四周縈繞，萬卡的飛機離飛船還有幾公里時，外星人便發現了，一束束紅光射向飛機，讓小嵐他們緊張得牙齒都快咬碎了。

幸好萬卡不愧為特級飛行員，他把飛機一時拉高，一時又拉低，一時飛向左，一時飛向右，每次都險險地避開了那些要命的紅光。飛機在前進着，跟飛船只有一公里左右的距離，但這時紅光的攻擊更猛烈了，好像一張網那樣，要把萬卡的飛機網住。

忽然，屏幕上「刷」的一下變成了雪花，沒影像了！

「怎麼回事？」小嵐着急地問空軍司令。

一向穩如泰山的空軍司令此刻也變了臉色：「剛才的畫面是羅新的攝像機傳送回來的。畫面沒了，這可能是羅新的飛機出問題了。」

「啊，那怎麼辦？」曉星帶着哭腔，「我們看不到萬卡哥哥了，萬卡哥哥不知道怎麼樣了！」

小嵐的心怦怦亂跳，她猛地一轉身跑到了外面，抬頭望天。在她身後，曉晴曉星、蕭延子，還有一班大臣也跑出來了。

天空中，一束束紅光從飛船射出，在天空中交織成一張紅色光網，卻無法看清那兩架戰鬥機的身影。

小嵐心裏好焦急啊！她真想大叫，萬卡哥哥，你在哪裏？你還好嗎？

忽然，「轟——」，半空中響起幾聲爆炸，接着看到千萬碎片，紛紛揚揚而下……

小嵐一愣，只覺得心臟彷彿停止了跳動。

基地上死一般寂靜，只有飛機碎片落地發出的劈里啪啦聲。

小嵐撲通地跪倒地上，淚眼模糊看着飛機碎片落下的遠處，腦海裏滿是萬卡帶着和煦笑容的臉。萬卡哥哥，你回來吧！你說過要我等你回來，但你為什麼要食言，為什麼？

「你們看！」突然，曉星指着天空，喊道。

悲痛的人們望向天空，他們的眼睛突然亮了。啊，天空中，由於遠距離而顯得小小的一架飛機，正

向飛船發出一束束激光。

「萬卡哥哥，是萬卡哥哥的飛機！」曉星喊了起來。

隨着激光的射擊，圍繞飛船的綠光變淡了，漸漸消失無蹤。

「萬卡哥哥，好樣兒的！」

「萬歲，國王萬歲！」

隨着歡呼聲，戰鬥機發出了一顆導彈，打中飛船。

「轟」，一聲巨響，飛船抖了一下。窗口的紅光「嗖」的全部不見了，整個飛船變得黑黝黝的。

「轟——」，又是一顆導彈打向飛船，飛船整個傾斜了。

「嗚嗚嗚……」從飛船傳出一陣警報聲，接着飛船慢慢退走，消失在黑夜中。

「黑太狼被打跑了！黑太狼被打跑了！」蕭延子最先醒悟過來，高興地拍着手。

「黑太狼逃了，黑太狼逃了！地球得救了！」地面的人都歡呼起來。

只有小嵐忘了高興，她緊緊地盯着天空。由於沒有一點光線，她已看不到萬卡的戰鬥機。

忽然聽到一陣呼嘯聲，一架飛得跌跌撞撞的飛機進入人們視野。

「萬卡哥哥回來了！」

「國王回來了！」

人們全都衝向基地機場。

遠遠見到萬卡的那架戰鬥機停在機坪上，渾身冒着煙。幾名機場消防員拿着水槍向飛機噴水，緊接着一輛嗚嗚響叫着的救護車開來，幾名醫護人員下了車。

水槍停了，消防員打開機艙門，又轉身朝醫護人員招手。醫護人員拿着救護箱和擔架跑了過去。

小嵐心裏湧上了不好的預感。她只覺得雙腿發軟，好不容易才走到飛機跟前。

兩名護工抬着擔架走下飛機，擔架上躺着滿身是血的萬卡，永遠朝氣勃勃萬卡國王，此刻合上了他那雙睿智的眼睛，靜靜地躺着。

「萬卡哥哥，你怎麼啦？」小嵐撲了過去，曉晴曉星也撲了過去。

「公主，國王重傷昏迷，得趕快送皇家醫院搶救。」一名醫生勸着。

「好的，趕快，趕快！」小嵐有點六神無主的樣子，她讓開路，讓萬卡的擔架送上救護車，然後自己也跟着上了車。

第 21 章　萬卡眼睛失明了

皇家醫院手術室外面的長廊，或坐或站，擠滿了烏莎努爾的大臣，每個人面色都顯得異常沉重。他們既為自己國王的英勇而自豪，更為國王的安危憂心忡忡。

見到院長震驚的表情，見到幾乎整個醫院的外科醫生都在院長帶領下進了手術室，大家都猜到國王的傷勢一定很嚴重。

小嵐低頭坐在最靠近手術室的椅子上，沉默不語，只是一顆心好像掉到了冰窖裏，身體在不斷地發抖。

曉晴和曉星惶恐不安地坐在小嵐旁邊，他們都不知道怎樣安慰小嵐才好，因為他們自己都瀕臨崩潰邊緣。兩人一人抓着小嵐一隻手，不住地哆嗦着。蕭延子站在他們身後，雙眉緊皺，不時焦慮地看看小嵐。

不知過了多久，沒有人說話，也沒有人想到要去買吃的，儘管人們都已經等了十多個小時，從黑夜等到了白晝。

「鈴——」忽然小嵐的手機響了起來。小嵐急忙接聽：「喂！」

「小嵐，我是姨婆。」原來是萬卡的女王姨婆，姨婆的聲音滿是喜悅，「小嵐呀，我打萬卡的電話，不知為什麼總是打不通。我想告訴他，懸在我國頭上氣勢洶洶要我們投降的飛船，已經跑掉了！聽說是你們把指揮船打跑了，其他飛船沒有了指揮，所以全都逃了。那個擊中指揮船的人是誰呀，我們各國的國王都很感激烏莎努爾，感激那個打中飛船的英雄，我們準備每個國家都頒發一枚特級英雄勳章給他。」

「姨婆！」小嵐聲音哽着，「那個英雄就是萬卡哥哥，他受了重傷，現正在搶救中。」

「什麼，你說什麼？！」姨婆驚叫着，「你說萬卡就是打退外星指揮船的英雄？天哪，真的嗎？我這外甥孫子，真了不起！他情況嚴重嗎？」

小嵐難過地說：「還不知道，正在做手術。」

姨婆說：「小嵐別難過，萬卡是個有福氣的孩子，他會沒事的。小嵐，你隨時把萬卡的情況打電話告訴我，我安排好手頭一些要緊的事，就馬上來看他！」

姨婆不等小嵐回答，就掛了電話。

這時，手術室的門「吱呀」一聲開了，一羣穿着白大褂的醫生，跟在院長後面，走出了手術室。

「院長伯伯，國王怎樣了？」小嵐騰地站起來，

向走在最前面的院長問道。

萊爾首相等幾位重要大臣也走了過來。

院長脫下口罩，說：「國王身上多處受傷，經手術後現在已經沒有生命危險。相信經過一段時間的護理調養，會慢慢恢復健康。」

「耶！」曉晴和曉星情不自禁地喊了一聲。

小嵐舒了一口氣，壓在心頭的大石終於放了下來。

其他人都互相交換着欣喜的眼神。

「但是……」院長又說了一句。

人們的心又懸了起來，小嵐焦急地問：「但是什麼？院長伯伯，您快說。」

老院長看着小嵐，一臉的遺憾和內疚：「公主殿下，對不起，國王陛下的眼睛受到了無法逆轉的重傷……」

「什麼？院長伯伯，你說萬卡哥哥眼睛受了傷？傷到什麼程度了？」

院長歎了口氣：「很不幸，國王陛下的眼睛失明了。」

「啊！」無數把聲音一齊發出聲音，所有人都驚呆了。

小嵐踉蹌幾步，跌坐在椅子上。

萬卡哥哥失明了？怎麼會？這是開玩笑嗎？如早晨八九點鐘太陽般，朝氣蓬勃、青春逼人的萬卡哥哥變成盲人了，這怎麼可能？這怎麼可以！

小嵐崩潰了！

腦子裏亂糟糟的，耳邊吵哄哄的，不知有誰、也不知有多少人在她面前說過話，勸慰過她，但小嵐還是一聲不響，一動不動地坐在那裏。直到曉晴嗚嗚地哭了起來，才把她驚醒了。

我要堅強，我要堅強！我要陪伴着萬卡哥哥，如果他從此不能看見東西，我就做他的眼睛。小嵐忍住淚水，默默地給自己鼓氣加油。

這時手術室的門又開了，幾名護士推出來一張擔架牀，牀上蓋着白色被單的萬卡雙目緊閉，一動不動地躺着。

小嵐跑到萬卡身邊，什麼也沒說，只是手忙腳亂地給他掖掖被子，撥撥凌亂的頭髮，然後跟着擔架牀，去到萬卡的病房。

幾名護士熟練地把萬卡國王轉到病牀上，又接好病房內的各種監測儀器，然後靜靜地站在一邊。

小嵐擔心地問：「國王陛下什麼時候才能醒來？」

一名戴着護士長名牌的和善阿姨對小嵐說：「公

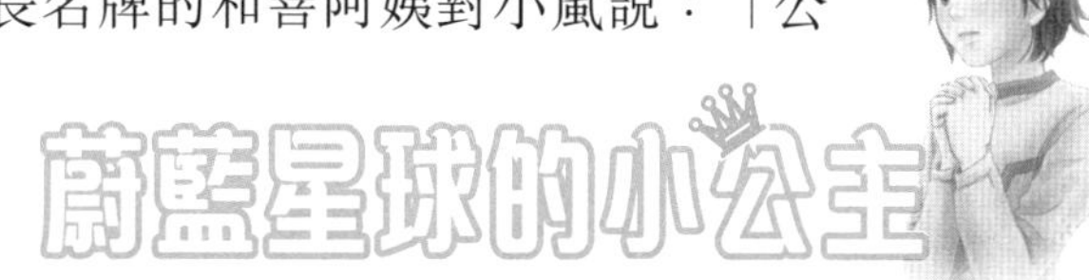

主殿下，陛下要等麻藥過了，大概兩三個小時以後才會醒來。」

小嵐看了看幾名護士疲憊的面容，說：「辛苦你們了。你們去休息一會吧！等會兒國王醒了，我會叫你們。」

護士長阿姨猶豫了一下，說：「那就恭敬不如從命，我們去隔壁的護士室休息一會兒。國王醒來就麻煩公主按按那紅色鈴，我們馬上過來。」

護士走後，小嵐又走出病房，對仍站滿走廊的眾大臣說：「各位，國王要等兩三個小時麻醉藥過了才能醒來，你們一晚上沒睡，都回去休息吧！」

萊爾首相見站在這裏等也幫不了什麼，便點點頭說：「謝公主體恤！」

他又對眾人說：「大家都回去吧，休息一會就回各部門去。國王不在，各位更要把工作做好，讓國王放心休養。」

走廊上各人散去，萊爾首相和幾位重臣走在最後，首相對小嵐說：「國王醒來後，請通知一聲。」

小嵐點點頭：「好的！」

蕭延子對小嵐說：「小公主，你要堅強。我也要走了，我是外星人，也不方便留在這裏。」

小嵐說：「蕭哥哥，謝謝你告訴我身世的秘密，也謝謝你小時候給我的照顧。你別走，留下來好嗎？」

曉星說：「是呀，蕭哥哥，你是好外星人，你別走。」

曉晴也說：「是呀是呀，就當作是陪陪小嵐好了。」

蕭延子說：「謝謝你們。我也不會走遠，我是去找我那架飛船。我從蔚藍星球飛抵地球時，因為駕駛技術不很熟練，飛船撞到山尖上碰壞了，我是跳傘跳下來的。飛船當時掉到一個山谷裏，摔壞了。現在我想再去那裏看看，看有沒有辦法修理。我想修好了，就帶着小公主回蔚藍星球，想辦法救出女王陛下。」

小嵐說：「這也是我的心願。你去吧，記得把你的行蹤和飛船的情況隨時告訴我。」

第 22 章　傷心的小嵐

蕭延子走後，病房裏只留下小嵐和曉晴姐弟倆。三個人一聲不響地圍着萬卡哥哥坐着，直到曉晴兩姐弟熬不住，倒在沙發上睡着了。

小嵐坐在病牀旁邊的椅子上，她一直在撐，一直在努力讓自己堅強，這時她再也忍不住了，看着萬卡哥哥蒼白的臉，眼淚忍不住大顆大顆地往下掉。她想了很多很多，想到萬卡今後再也不能用他那雙明亮的眼睛看世界，她就心如刀絞。

她又想到了自己的親生父母，他們失去了自由，還被關在寒冷的冰屋達十多年，該是多麼的痛苦無助！但自己無法救他們，先別說鬥不過黑太狼的軍隊，連從地球去蔚藍星球也做不到。

她還想到了自己那個沒見過面的哥哥。親愛的哥哥，如果你還活着那該多好，那麼在我難過的時候，在我最需要幫助時候，就有一個堅強的肩膀給我靠靠。

小嵐很想號啕大哭發洩一下，但又怕驚醒了萬卡和曉晴他們，只好把頭埋在萬卡的被子裏，壓抑地抽泣着。

忽然聽到一把熟悉的聲音：「小嵐……是小嵐嗎？」

是萬卡哥哥的聲音！

小嵐驚喜地抬起頭，果然見到萬卡醒了。他睜大眼睛，看向自己。小嵐一陣狂喜：啊，萬卡哥哥看得見，他看着我呢！儘管他那雙眼睛沒有平時那麼亮，那麼炯炯有神。

小嵐急切地說：「是，我是小嵐，我是小嵐！」

萬卡臉上露出了笑容：「小嵐，天還沒亮嗎？怎麼這麼黑？」

小嵐驚呆了，她看了看光線充足的病房，看了看幾縷射進來的陽光，心兒在發冷。她伸出手，在萬卡的眼睛前面晃了晃，但萬卡渾然不覺，仍定定地看着一個方向。

小嵐急忙用手捂住嘴，她怕自己忍不住哭出聲來。

幻想破滅了，萬卡果真如老院長所說，眼睛失明了。小嵐淚如泉湧。

萬卡雖然看不見，但也感覺到了小嵐的異樣：「小嵐，你在哭嗎？你不要哭，我不是沒事嗎？等我養好傷，我們就去旅行，一塊兒去看尼加拉瓜大瀑布，去新西蘭坐直升機上冰川，去張家界大峽谷走走

玻璃橋，看盡天下美景。」

「嗚嗚嗚……」小嵐忍不住哭出了聲。親愛的萬卡哥哥，你再也看不到大瀑布，看不到冰川，也不能走玻璃橋了。

「小嵐，你為什麼哭，你是個堅強的女孩，你別哭！」萬卡困難地把手從被裏伸出來，他想去摸小嵐的手，但卻抓了個空。

曉晴和曉星被小嵐的哭聲驚醒，看到了萬卡醒了，馬上撲了過去。曉星拉住萬卡的手，說：「萬卡哥哥，你醒了？你嚇死我們了！嗚嗚嗚……」

小嵐和曉晴曉星三個人哭成一團。

隔壁房間的護士聽到聲音，由護士長帶領着跑了過來。見到房裏情景，護士長馬上去勸住小嵐他們：「公主殿下，別哭了，為了國王，堅強點。」

小嵐邊抽泣邊「嗯」了一聲。護士長見三個孩子哭成了大花臉，心痛地吩咐一個小護士：「你帶公主他們去洗洗臉。」

又吩咐另外一名護士：「快告訴院長，國王陛下醒了。」

小嵐知道院長會馬上帶着一班專家醫生來給萬卡做檢查，便對萬卡說：「萬卡哥哥，我們先出去一下，等醫生檢查完再進來。」

「好的，小嵐，你們到外面休息一會吧！別哭了，我沒事的。」萬卡溫柔地說。

很快，院長帶着幾名專家來了。

「國王陛下，早上好！」院長說。

院長沒發覺，萬卡聽了他的話，嘴唇哆嗦了一下，臉色瞬間變得更加蒼白。原來現在是白天，那為什麼自己眼前一片漆黑，什麼也看不見？他想起了剛才小嵐壓抑不住的哭聲，他知道發生什麼事了。

院長和幾名老專家一起，給萬卡做了詳細檢查，之後告訴萬卡：「國王陛下，我謹代表全醫院的醫生護士工作人員，向您致敬。是您拯救了地球，拯救了人類。」

萬卡淡淡地說：「這事每一個人都會做的。比起犧牲了的羅新隊長，我不算什麼。院長，還是講講我的情況吧！」

「是，國王陛下。」院長說，「恭喜您，您頑強的生命力，您年輕強壯的身體，讓您趕走了死神，您很快就能回復之前的健康身體了。」

「嗯。」萬卡停了好一會兒，又說，「真能恢復到之前的樣子嗎？我想聽真話。」

病房裏的人互相看看，他們都難以啟齒，不忍心把眼睛失明的噩耗告訴國王。

「説，別把我看得那麼不堪一擊！」萬卡發怒了。

病房裏的人都愣住了。萬卡國王在國民心目中，向來是春風般溫暖的親民形象，從沒見過他這樣暴躁的一面。

不過，當他們想通了時又釋然了。試想想，國王也不過是二十歲左右的年輕人，他也有自己的喜怒哀樂，也有些小脾氣。何況他正經歷人生最大的挫折。

院長盡量用平靜的聲音説：「國王陛下，對不起，不是我們有意隱瞞什麼，只是想找一個適當的時機跟您説。是這樣的，您身上的傷經手術後，的確是沒什麼問題了。只是，您的眼睛在飛機下落過程中受到撞擊，以致失明了。以目前地球上的醫學，還沒有治癒這種創傷的能力。」

萬卡聽了沒作聲，只是長久地沉默着。

這時小嵐和曉晴曉星進來了。

小嵐看到院長，馬上問：「院長伯伯，國王手術後的情況怎樣？」

院長説：「手術很成功，國王的身體應會一天天好起來的。」

小嵐點點頭，説：「謝謝各位。你們去忙吧！」

院長説：「是，公主殿下。」

老院長帶着一班專家出去了。

「萬卡哥哥。」小嵐喊了一聲，悄悄握住了萬卡的手，「萬卡哥哥，真好，院長伯伯説你很快會好起來呢！」

萬卡説：「小嵐，你別瞞我，我什麼都知道了。」

小嵐一愣，淚水盈滿了眼眶。

這時候萊爾首相等幾位大臣收到消息趕來了，萊爾首相説：「國王陛下，國民知道國王是因為拯救人類身負重傷，都很掛念和擔心您。現在無數民眾在王宮周圍靜坐祈禱，祈求國王早日康復。請國王好好休息，我們都盼望您早日康復，早日回來繼續帶領着我們的國家，我們的人民，去建造更美好的未來。」

「謝謝大家。」萬卡點點頭，説，「首相，我住院期間，你就辛苦點，暫時署理國家事務吧！」

萊爾首相説：「是。國王陛下，我會用最大努力去處理好國家事務的。您放心養傷吧！」

「嗯，我累了，你們先走吧！」萬卡疲憊地揮了揮手。

「是，國王陛下！」幾名大臣悄悄地退出了病房。

第 23 章　萬卡哥哥要訂婚了

假期完了，小嵐三人要回學校上課了。小嵐決定請半個月假，在醫院照顧萬卡哥哥。雖然醫院派了五名護士專職照看萬卡，但小嵐不放心，要自己親自照顧才安心。

萬卡的身體在一天天恢復，不到一星期，已經可以靠着枕頭坐起來了。但是，小嵐發現他變沉默了，他每天默默地吃藥，默默地做治療，默默地吃着醫生規定的沒什麼滋味的稀飯。他越來越安靜，一個人窩在被子裏半天不動。像他那樣自尊心強的人，怎麼會允許自己狼狽？拿不到水杯他就不喝水，看不到水果他就不吃，沒事時，他就默默地抓着小嵐的手，好像想從那隻纖秀的小手上，尋找到溫暖和力量。

這天，萬卡終於獲准可以正常飲食了。小嵐讓廚房做了四個有營養又美味的菜，放到餐桌上，讓萬卡好好吃一頓。

小嵐把萬卡扶到餐桌前的椅子上坐下來，然後在他旁邊坐下：「萬卡哥哥，這是蘑菇燉雞，這是西紅柿炒雞蛋，這是炒南瓜，這是蒸茄子。你想吃什麼，我給你夾。」

「不用，我自己來吧！」萬卡接過小嵐塞到他手裏的筷子，扒了一口飯，又把筷子伸到最靠近的那碟蘑菇燉雞，夾了一塊雞放進嘴裏。

咦，萬卡哥哥夾菜和吃飯都很利索啊，好像眼睛能看見似的。

小嵐正在高興，又發現萬卡吃完那塊雞後，又伸筷子去夾那碟雞。小嵐很奇怪，萬卡哥哥平時並不是特別喜歡吃雞，反而更喜歡吃茄子和西紅柿的。

小嵐狐疑地觀察了一會兒，看到萬卡第四次去夾雞塊時，她突然明白過來了。小嵐心裏很難過，萬卡哥哥不想老是讓她幫自己，心裏驕傲又不想把筷子夾錯地方出洋相，就只去夾最靠近自己的那一碟菜。

小嵐的眼淚忍不住撲撲簌簌流了下來。不能再讓萬卡哥哥這樣下去了，要想辦法讓他開心，想辦法喚回他春風般和暖的笑容。

吃完飯，小嵐努力用歡快的聲音對萬卡說：「萬卡哥哥，我們出去外面走走，好不好？」

萬卡愣了愣，他本來很不想出去，出去又怎樣，不管多麼美麗的風景，都與自己無緣了。但他不想拂小嵐的好意，便點點頭答應了。

小嵐很高興，給萬卡穿上外衣，挽着他的手，走出了病房。

「萬卡哥哥，你聞到花香嗎？」

「聞到，好香啊，好像走在花園中。」

「萬卡哥哥，你説得對，我們正走在花叢中呢！從長長的走廊，一直到樓梯，到樓下大堂，全都是送給你的花籃。有本國的，也有從外國空運來的，送花籃來的人，有大人，也有小朋友。這些人裏面，既有國家元首，也有普通民眾。每個花籃上都有一張他們的慰問卡。」小嵐彎腰從一個小花籃裏取下一張慰問卡，説，「這張是我國一個小女孩寫的，『萬卡國王哥哥，謝謝您救了地球，救了我們一家，救了我們家的小狗多多。哥哥，你要趕快好起來哦！』」

小嵐把慰問卡放到萬卡手裏，萬卡揑着卡片，嘴角往上一彎，臉上綻開了笑容。

小嵐又取下另一張慰問卡，説：「這張是立陶國國王寫來的，他説，『萬卡國王，不知用什麼語言，才能表達我對您的崇敬和感謝。祝您早日康復！』」

小嵐一路走，一路給萬卡唸慰問卡上的慰問語。萬卡的臉上，始終帶着令小嵐安心的笑容。萬卡之所以開心，固然是因為聽到那些發自內心的祝福語，但更多的，是為了不辜負小嵐的良苦用心。

小嵐不知道，萬卡最近之所以這樣沉默和憂鬱，是因為他在作一個很痛苦的決定。

萬卡住院的第十天，姨婆來了！作為女王，要操心的事千千萬萬，好不容易安排好了國內事務，她便馬上飛來看望疼愛的外甥孫子。

不知是因為小嵐的細心照顧，還是姨婆到來的喜悦，萬卡比之前開心了許多，小嵐看在眼裏，感到十分欣慰。

萬卡因為不想耽誤小嵐太多學習時間，讓小嵐趕快回學校上課。小嵐見到有姨婆在，也就同意了，但她每天一放學仍去醫院，晚上也會睡在病房的另一張牀上，方便陪伴和照顧萬卡。

這天早上吃完早餐，小嵐跟萬卡説聲再見，上學去了。聽着小嵐的腳步聲消失在走廊裏，他對姨婆説：「姨婆，有件事想請您幫忙。」

姨婆正在給萬卡削蘋果，聽了馬上説：「你説，不管什麼事，姨婆都會幫你的。」

萬卡説：「您可不可以和我做一場戲給小嵐看，讓她離開我。」

「啊！」姨婆的手一顫，水果刀差點割傷了手指，她把水果和刀扔在桌上，生氣地説，「你説什麼？！你們兩人不是都喜歡對方嗎？」

萬卡苦笑着説：「姨婆，我這樣做是有原因的。第一，我不想連累她。我曾説過要一輩子照顧她，給

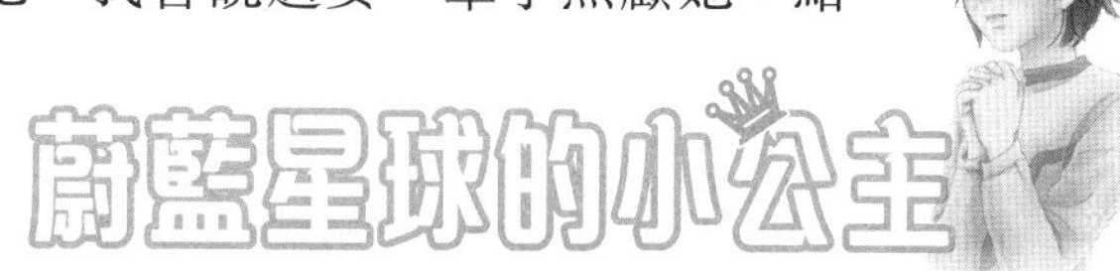

她幸福和快樂。但是，我現在眼睛瞎了，我連自己都照顧不好，又怎可以照顧她；第二，小嵐美麗、聰明、勇敢、善良，是世界上少有的完美女孩，我這個不完美的人，不配和她在一起；第三，蔚藍星的人很長壽，至少有一千年的壽命，我怎忍心當我老死之後，留下她一個人孤零零地活在世上，在漫長的歲月中痛苦地思念着我？我不能這樣，決不能這樣。所以，長痛不如短痛，我必須離開她。可能她一年忘不了我，兩年忘不了我，始終有一天會忘了我……」

「你說的三點理由，第一第二點我都不認同，但第三點……」姨婆長歎一聲，接着說，「的確是個問題，你和小嵐在一起，頂多只有七、八十年幸福快樂，但你百年歸老之後，她卻要痛苦九百多年。好吧，你說，我怎樣幫你？」

萬卡說：「我想告訴她，我準備和海倫訂婚。」

「啊！」姨婆又驚又喜，「你你你你，你是說真的嗎？你真打算和海倫訂婚？」

看過《公主小福星》的讀者，都記得姨婆早前為了借助烏莎努爾的強大國力，化解丹參國的政變危機，曾想把她的孫女海倫嫁給萬卡，因此還千方百計迫小嵐離開烏莎努爾。後來被萬卡的真情和小嵐的善良所感動，才打消了這念頭。善良的小嵐後來還主動出使丹參國，用智慧替姨婆説服國內幾股強大勢力，讓姨婆重新坐上女王的寶座。

雖然姨婆一直為海倫不能嫁給萬卡，而感到十二萬分的遺憾，不過她絕不會因為這點去傷害小嵐。這時聽到萬卡主動提起這事，不禁又驚又喜。

萬卡內疚地説：「對不起姨婆，我只是想讓小嵐死心。我心裏滿滿的都是小嵐，已經容不下任何女孩子了。我想，此生我不會結婚了。」

「萬卡，你……」姨婆想勸勸萬卡，但想到萬卡對小嵐的深厚感情，她知道説什麼都是沒用的，只好歎了口氣，不作聲了。

當天晚上，萬卡主動讓小嵐帶他去花園坐一會兒。難得萬卡願意離開病房到外面走走，小嵐很開心地挽着萬卡的手，踏着迷人的月色，來到了小花園裏。

周圍很安靜，只聽到蟋蟀在「唧唧」地叫着，幾隻螢火蟲在草地上飛來飛去，給寧靜的夜增添了幾分神秘的感覺。

小嵐和萬卡互相依偎着，靜靜地坐在石凳上。萬卡握着小嵐的手，他多麼想就這樣跟小嵐靠在一起，直到地老天荒。

心裏百轉千迴，萬卡終於開口説話了：「小嵐，

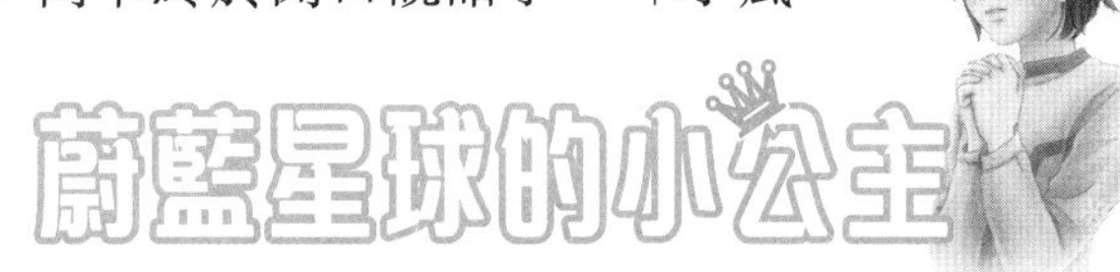

我想謝謝你，謝謝你這些年一直陪伴我，給了我很多幸福和快樂。」

小嵐奇怪地看看萬卡，說：「萬卡哥哥，你今天怎麼這樣客氣啊！」

萬卡咬咬牙，說：「小嵐，告訴你一個消息，我要和海倫訂婚了。」

「你說什麼？」小嵐迷惘地看着萬卡，她不敢相信自己的耳朵。

萬卡抿了抿嘴，又說：「我說，我準備跟海倫訂婚了。」

「啊！」小嵐驀地站了起來，倒退幾步，呆呆地看着萬卡。過了一兒，她才氣若游絲地反問一句，「你說，你要和海倫訂婚？」

「是的！」萬卡點點頭。

小嵐一臉的受傷。萬卡哥哥，難道你不知道我喜歡你嗎？你還是那個愛我寵我、說要照顧我一輩子的萬卡哥哥嗎？小嵐覺得好像不認識眼前這個萬卡哥哥了。

萬卡雖然看不見東西，但他也知道此刻的小嵐一定很難過。

他狠狠心，又把早想好了的理由說出來：「小嵐，對不起。我眼睛看不見了，國內一定會出現動

小嵐，我要和海倫
訂婚了。

蕩，我必須借助力量去警告一些有野心的人，使他們不敢輕舉妄動，而姨婆正是我最信任最可依靠的力量。姨婆和海倫都喜歡我，我想她們一定會不遺餘力地幫我的。」

小嵐好惶惑，哽嚥地說：「萬卡哥哥，難道除了跟海倫訂婚，就沒有其他辦法了嗎？我們一起想辦法渡過難關，好不好？」

「沒有其他辦法了。小嵐，你幫不了我。」

「嗚嗚嗚……」小嵐傷心地哭了起來。

萬卡覺得好像有把刀子在一下一下地剜着他的心，眼淚湧上了眼眶，他很想馬上告訴小嵐，自己一如既往地喜歡她。

萬卡伸出手，想拉拉小嵐，讓她別哭，但手卻摸了個空。殘酷的現實提醒了他，自己是個失明的人，已經沒有資格去喜歡小嵐了。

萬卡閉上眼睛，遮住了一眶淚水。過了一會兒，他張開眼睛，說：「小嵐，我準備明天就出院了。我已經決定，回去後頒發的第一項命令，就是調撥龐大的專項經費，研究能遠距離飛行、戰鬥力超強、又可以承載大隊戰士的戰鬥飛船，成功的那一天，就是派軍隊去蔚藍星球救出你的親生父母之日。小嵐，請相信我一定能做到。」

「嗯，我相信！」小嵐邊哭邊說。

「小嵐，你是蔚藍星公主的事暫時別讓更多人知道。因為這次蔚藍星毀滅了兩個城市，還差點給地球造成了無可估量的破壞。地球人不了解蔚藍國內幕，不知道入侵地球只是黑太狼作的惡，所以都肯定仇視蔚藍星人。我不想地球人因誤解而給你造成傷害。早前黑太狼說的關於你父母的事，地球人不懂他的話，所以不會知道他說了什麼，也不會知道你是蔚藍星球小公主的事。現在知道的只有蕭延子、曉晴曉星，還有姨婆。」萬卡囑咐着，話語裏透出濃濃的關懷。

「另外，小嵐，我打算派你回香港，任真善美大學校董會的董事長，代替我行使職權，同時你留在真善美大學讀書。到你畢業那一天，我會親自前去為你頒發畢業證書……」

「嗚嗚嗚……」小嵐忍不住號啕大哭。萬卡哥哥，你幹嗎為我想得那麼周到，幹嗎對我那麼好，我是你的誰呀？

天上圓圓的月亮，像是不忍聽小嵐悲傷的哭聲，不忍看萬卡痛苦無奈的臉容，悄悄地躲進了雲層裏。